Kadokawa Fantastic Novels

4.5

U0045623

歡迎來到實力至上主義的教室

衣笠彰梧 × トモセシュンサク

佐倉愛里

輕井澤惠

一之瀨帆波

4.5
Welcome to the Classroom of the supreme principle of force
歡迎來到實力至上主義的教室

4.5
歡迎來到
實力
至上主義
的教室
Welcome to the Classroom of the supreme principle of force
衣笠彰梧
KINUGASA SYOUGO
トモセシュンサク
TOMOSESHUNSAKU
Kadokawa Fantastic Novels

歡迎來到實力至上主義的教室 4.5

Welcome to the Classroom of the supreme principle of force

contents

彩頁、內文插畫／トモセシュンサク

即使如此暑假也會邁向尾聲

海螺小姐症候群。

各位曾聽過這種說法嗎？

簡單說明的話，這是指看了星期天傍晚播放的「海螺小姐」，就會想像即將到來的明天——星期一，進而變得憂鬱。

與其相似的是，夏天若是接近尾聲，大部分學生都會變得鬱悶。心想「要是假期可以再繼續下去就好」、「我明明就想再多玩一些」。

但是，我並不這麼覺得。

人生中擁有多到滿出來的時間可以隨心運用的，基本上就只有學生時期。

假如把退休年齡設成最低六十歲，且十八歲出社會，工作的歲月就會是四十二年。這段時間遠比國小到高中為止的十二年期間都還漫長。我們就是會被社會束縛這麼久，並且變得無法獲得自由。根據情況不同，退休後應該也有人會繼續被工作綁住。雖然這麼說，但當然也有人處在該限制之外。像是生來父母就是富豪，或者創業取得了巨大成功。儘管上天也準備了這種捷徑，但我們還是只得指望那猶如中獎般的機率。

結果，多數人的人生一半以上的期間，都必須不斷對社會付出犧牲。

從社會大眾的角度看來，大家會認為身為學生就應當盡情去享受暑假。

然而，多數學生都不會發現這份可貴，就這麼長大成人。

隨著歲數三十、四十地增長，才會回頭想起當時還真是快樂。

這次，就是描寫學生們在小孩與大人的夾縫之間搖擺不定的小小故事。

沒想到伊吹澪是個很有常識的人

特別考試——通常從這個詞聯想到的會是筆試，或者運動性質的實技測驗，抑或其他的什麼吧。不過我就讀的高度育成高中，它的特別考試可不是那麼天真的東西。像是讓我們在無人島上進行班級對抗的野外求生集訓、讓我們在船上進行謊言互相碰撞的智力思考遊戲——這種顛覆常識的考試在整個暑假連日舉行。

而造訪這樣的一年級學生的短暫休息，包含今天在內就只剩下七天。結束的話第二學期就會開始。

順帶一提，我度過假日的方式很簡單。要說為什麼，是因為不會有任何人來跟我搭話，而我也不會去和別人搭話，就這樣一天過一天。總之就是很孤獨。

「雖然這也沒差。」

光是自由我就心滿意足了。我不會奢求多餘的幸福。

比起這些，我最近開始覺得朋友並不是越多越好。只要和越多人有聯繫，就會越是增加與人的來往。這也有點麻煩。就算我的朋友打電話過來，說不定我也會忍不住華麗地無視來電。

但是就算孤獨，我也有幾件事要做。現在我就正打算結束掉其中一件。我操作手機，連到自己的點數餘額畫面。那裡顯示的額度是十萬六千兩百一十九點。我要把其中十萬點匯給了別人……也就是匯給了同班同學須藤健。

不久，收款人須藤來電，電話聲響起。

「嗨，綾小路。你現在在幹嘛？」

「沒特別在做什麼。頂多在想晚餐要吃什麼。」

「這樣啊。我剛才吃了雞胸肉喔。雖然味道單調且容易吃膩，但相對可以有很多煮法，像是烤的或水煮……是說，這種事情怎樣都無所謂。我想說的是關於占卜。」

占卜？他還真是拋出了不像是他會說出口的字彙。須藤基本上喜歡黑白分明的事情，就像他吃雞胸肉一樣，他會追求那種單純的事物。沒想到這樣的須藤居然會說出這般擁有強烈抽象形象的占卜。

「其實啊，據說暑假有個非常靈驗的占卜師來到『櫸樹購物中心』。這話題在高年級之間變得很熱門耶。社團活動裡也全是那個占卜師的話題，所以我很好奇呢。再說『臨時收入』也匯進來了，真有種想要大玩一場的心情。所以說，我們就一起去吧。當然，我可是會請客喔。」

這是同班同學須藤的出遊邀約。

說到櫸樹購物中心，這是平時學生們在利用的複合設施名稱。

雖然我們必須生活在這所學校的用地裡，但學校相對也替學生整備充實的設備。然而，學校裡不像外面世界那樣擁有無限大的可能性。偶像演唱會、遊樂園、動物園等等都不存在。有限用地中的有限設施——反過來說，這就是個狹窄的世界。聽說在這樣的學校裡，每逢新活動到來，學生就會因為小小的話題而興致沸騰，不過真沒想到居然會流行占卜呢。真是出乎意料。雖然這麼說，我還是以比較善意的角度來理解了這件事。

久未受邀的我壓抑不住喜悅，於是這麼反問：

「你什麼時候要去？」

「明天早上。聽說十點開始營業，但要是不早點排隊，據說會大排長龍。我想在九點半抵達目的地。」

看來須藤腦中已經構築完大致上的行程，這樣事情就快了。

「我這邊的安排沒問題，但你社團活動沒關係嗎？」

「嗯，明天休息。因為大賽剛結束啊。我之前每天都泡在練習裡直到筋疲力竭。要是不讓我稍微休息，身體可是會受不了呢。」

須藤今天參加了籃球大賽。正因為他本人為了今天的比賽每天都默默練習，我也很好奇結果如何。而且，我還有另一件事情很在意。

「當時沒什麼特別的『麻煩』嗎？」

我意味深長地強調「麻煩」部分，如此問道。須藤也立刻推知了我的意思。

「嗯，我可是費了一番功夫。當時又是監察、又是教練的，監視人員的數量簡直無法和國中時期相提並論。比賽之外的時間，我們也不能和其他學校的人好好說話。就連廁所都要上我們學校限定，或該說是專用的一間呢。我還以為再怎麼樣都沒辦法。」

雖說這是特例可出校的社團活動，不過校方的檢查似乎果然很嚴格。

「但是，我總算是設法辦到了。我說肚子痛，於是就順利溜出去了。」

「這樣啊，那就好。山內那邊呢？」

「資料已經確實消除歸還。別擔心啦。我也了解。」

對須藤而言，這也攸關自己的校園生活。他應該不會做出糊塗的行為。但即使如此，我還是改天再去接觸山內，確認資料是否順利消除似乎會比較好。我必須謹慎再謹慎。

「順帶一提，那場重要的比賽你有出場嗎？」

「嗯，一年級只有我出場喔。我還有得分呢。雖然這麼說，但比賽輸了，所以這也沒什麼好驕傲的。」

我不知道詳情，不過一年級光是有出場，應該就是件很不得了的事情。我在須藤的話裡感受到與其說懊悔，不如說是接受事實般的感覺。所以，我應該將此視為他在籃球社有踏實地留下成果吧。他應該針對大賽拚命地做了練習。尤其正因為一年級學生被拖去考特別考試而不在學校，照理說練習時間也會比其他學年還要短呢。

「所以怎麼樣啊，占卜。你去還是不去？」

「哎，我也並沒有特別的安排，我就去吧——」

當我正在做出應允，須藤就有點像在堵我說話似的說道：

「你絕對要邀請鈴音喔。絕對要。懂嗎？」

「……原來如此。」

看來須藤不是想和我去占卜，而是想和堀北一起去。

他覺得就算自己邀約，成功機率也很低，於是才無可奈何地推我出面。

「只不過……我不認為那傢伙會對占卜感興趣耶。」

「就算這樣你也要把她找出來啦。這是你唯一辦得到的特技吧？」

這是怎樣的特技啦。我真希望他別把我當成叫出堀北的機器來使用。

「我就姑且問問，可是你別太期待喔。」

「不可以只是姑且問問。」

「不可以嗎……」

須藤話中稍微蘊含怒氣，同時也富有分量。

他應該是完全假想堀北在場，而擬訂明天的計畫吧。

「絕對必須是這樣。要是不邀堀北就沒意義了。」

「就算你這麼對我說，但我不知道那傢伙明天的安排，也不曉得她對占卜有沒有興趣。像是購物或觀賞電影之類的活動，這些作為邀約門檻，難度不是比較低嗎？」

「不用擔心啦。女人全都喜歡占卜。」

我想這是徹底的片面之詞……

哎，硬要說的話女生是有喜歡占卜的形象。可是僅限堀北來說，我實在無法想像她會像普通女孩子那樣開心地表現出對占卜有興趣的模樣。

「聽好，之後你要確實聯絡我有沒有約到她喔。一定要喔。」

他這麼說完，就強行結束通話，掛掉了電話。

我就在想須藤邀我去占卜很奇怪，果然是這麼回事啊。

儘管有些失望，我還是設法轉換了心情。

先去聯絡堀北應該會比較好。假如改天被須藤知道我無視他的要求，處理起來也會很麻煩。

我心想趁自己還沒忘記，於是就當場打給了堀北。

不久，堀北接起電話。

「欸，堀北。妳喜歡占卜嗎？」

女生都喜歡占卜——只有這女人會破壞世間對普通女生懷有的這般印象。

『真是開口就問了奇怪的事情呢。』

這是理所當然的反應。不過，就我的立場來說，我沒有其他方式突破這個話題，所以也沒辦法。

「如果妳願意回答，我就省事了。」

『換句話說，要是我不回答，就有讓你無法省事的可能性？』

沒想到她會這麼反問，但我確實會有無法省麻煩的可能性。我的腦海浮現出自己被須藤施展頭蓋骨固定技的畫面。

「所以，妳願意幫我嗎？」

『假如你不介意這樣會欠我一個人情的話。』

請她回答喜不喜歡占卜，我就得欠下人情嗎……

我受到衝動驅使，忍不住想稍微移動握著手機的右手拇指去掛斷電話，可是我現在必須忍耐。我想起須藤憤怒的表情，打消了念頭。

「妳可以先當成是這樣。」

堀北領悟到這個答案對她有價值，就稍微停頓了一會兒，接著如此回答：

『這個嘛……雖然不抱熱情，但說討厭就會是在撒謊了呢。』

真是出乎意料。堀北做出彷彿肯定占卜的答覆。

「妳有實際請人占卜過嗎？」

『再怎麼說也沒到那種程度，頂多就是每天早上看新聞時會順便看。』

她說的新聞，是指上面經常出現生日月分占卜的那個東西吧。

堀北在電視前說自己的幸運色是紅色或白色，然後改變穿著衣服，或在包包上掛裝飾品……這簡直讓我無法想像。

『難不成你迷上了占卜？』

「不，雖然不是這樣，不過妳知道最近蔚為話題的占卜師嗎？」

『占卜師……？』

她持續了一會兒回想般的沉默，不久好像就想了起來。堀北以理解的語氣回道：

『好像確實很轟動，我聽說過。』

「我只是有點在意。別人一直說很靈驗，我在想實際上會是如何。不過，老實說我不覺得占卜那種東西值得相信。」

我是認為能夠獲得認同才說出口，然而電話另一端卻回了不同的意見。

『是嗎？我認為真的有能力，就可以算得很準。』

「不不不，說能算得準，那是特異功能還是什麼啊？」

真意外堀北會相信這種東西。我不相信可以從人的長相或手相、出生年月日來預測未來那種非現實的事。

『不是這樣。占卜師沒有什麼透視未來的能力。這理所當然吧？這就和說幽靈存在的人一樣無趣。不過，和靈異那類大不同的是，占卜師是以大量的過往資料，也就是以人的行為模式作為基準來進行占卜。再加上，這非常考驗占卜師個人揣測眼前對象的本領。』

堀北並非純粹是個愛作夢的少女，她自有一套有理論根據的答案。

「換句話說，總之就是利用冷讀術（cold reading）的能力嗎？」

『雖然這樣很臭美，不過我也知道呢。』

堀北覺得有點沒趣似的這麼回答。

『我們無法客觀觀察自己本身，但占卜專家擅長從簡短對話中引出對方資訊，找出就連接受占卜的本人都沒發現的部分。最終，這就會作為占卜結果而留下。應該可以這麼想吧。』

冷讀術（cold reading）——如果直譯的話，意思就是無事前準備就讀取對方的心。這是若無其事地從對話中引導出本人資訊，再讓對方深信「我比你還更了解你自己」的話術。憑觀察能力或洞悉能力來獲得對方資訊，再將此藉由巧妙言語傳達，令對方深信自己能夠透視他的未來或過去。說明意思雖然簡單，但不帶給對方不信任感並引導出資訊，或是讓對方相信自己，卻是件非常困難且需要高超技術的事。

「我有點產生興趣了。」

『那真是太好了。你可以去看看。』

「可以的話，要不要一起去？」

『你在開玩笑吧？』

「我其實意外地是認真的。」

『我拒絕。』

我試著在簡短對話裡插入邀約，卻被她漂亮地摧毀。

然而，我也有苦衷無法說「好，這樣啊」並且放棄。

「關於占卜我是外行人，我想堀北妳在場的話，我應該多少會比較好理解。」

『很抱歉，我就免了。你也知道我不是特別喜歡待在人群裡的類型吧？』

……確實如她所言。處於話題漩渦中心的占卜師，其周圍當然會擠滿眾多學生而熱鬧不已。根據情況不同，不僅是學生，就連用地裡的大人都可能會過去。我的確無法想像堀北在人滿為患的設施中給人占卜的模樣。

我沒有輕言撤退，也再次確認過，但就算繼續堅持應該也只會破壞對方的觀感吧。

就我立場來說，能取得堀北的證詞就沒必要繼續堅持下去。須藤大概也不會把這當成大問題吧——大概。我索性放棄邀約，並且掛斷電話，然後精簡地發訊息給須藤。他當然立刻已讀，隨即傳來感覺很不滿意的文章。

再來便是「我還是不去了」的文字。

我果然只是為了拿來約堀北的存在。也就是說，既然我約不到她，就沒我的事情了嗎？

算了，兩個男人去讓人占卜也很突兀。

「但話說回來……占卜嗎……」

雖然我沒有強烈興趣，但因為和堀北之間的對話，而稍微湧起興趣。

明天我還是先去看看情況吧。

1

是誰說什麼要稍微去看一下占卜師的啊。

「我或許失算了……」

八月下旬持續炎熱，雖然這點我早就知道，但還是慘遭早晨的熾熱地獄襲擊。

行道樹前方可見的水泥地面，可以看見搖搖晃晃的扭曲幻影。

學校宿舍的房間、大廳就不用說，連走廊都完善備有冷暖空調，因此我之前都感受不太到炎熱。可是現在是夏天，我一照到直射的陽光就會瞬間噴出汗水。

人就是因為這樣才會變得不中用吧。我一面這麼想，一面拚命尋找有遮蔭的道路。

幸好以廣闊用地面積為傲的學校裡也種植了許多行道樹。因此人行道也有不少樹蔭可以躲太陽。現在時間還是許多學生開始活動前的九點三十分。我朝傳聞中占卜師的所在地前進。占卜好像是十點開始營業，但我並不打算久坐。我要迅速給人占卜然後趕緊離開——這就是我的目標。然而，隨著目的地越近，我發現我這微小的期待落了空。

我原本預計櫸樹購物中心幾乎不會有半個人，卻在周圍看見了許多學生身穿夏季服裝的身影。我祈禱他們所有人和我的目的都不同，但總覺得希望渺茫。我火速進了櫸樹購物中心裡，逃離了熾熱的地獄。占卜好像是在五樓進行，所以我便尋找起附近的電梯。

「呃……」

我忍不住發出這種聲音。要說為何，那是因為電梯前擠了將近十名學生。

有溝通障礙症的人應該就可以理解吧。我具有獨自搭入電梯時就會立刻連按「關門」按鈕的那種想法，很害怕在電梯撞見多名年紀相仿的人。要擠進一大團人裡也需要很大的勇氣。

即使多少有點麻煩，但我還是繞遠路搭別台電梯吧。位於相反位置的另一台電梯好像也沒學生在利用，是個可以包場的情況。

「真是平靜……」

儘管很費功夫，但可以像這樣內心平穩地度過才省事。這還真是哀傷。

電梯抵達五樓，我就朝占卜師所在的樓層前進。可是，那裡卻呈現比剛才還更加令我不知所措的情況。

「全是情侶……」

男女兩人一組——換言之，非常可能是情侶關係的學生占了絕大多數。其中當然也有只有男生或只有女生的小組，但也只有一點點。

所謂占卜原本就是這種東西吧。

請人看自己與男朋友（女朋友）的契合度、未來，這本身並不特別。

只是，我了解到這場合比我所想的都還更讓人不舒服。很少人會自己來占卜，更別說是像我這樣的男生。

無論如何，因為條有排好的隊伍，我打算在那裡排隊。這時在隊伍最尾端負責管理的女性一面環顧四周，一面向我攀談。

「早安。請問您的同伴之後會過來嗎？」

「同伴？不，我是一個人。」

周遭確實滿是情侶，但這實在是很新潮的問法。真希望她也考慮到我單身。

「那個……」

女店員好像還有什麼事，像是感到很抱歉似的繼續說道：

「要接受老師的占卜需要兩人一組喲……？」

「妳是說一個人的話，就無法占卜？」

她輕輕點頭指著前方。雖然因為隊伍而看不太清楚，但那裡確實有張注意事項。

上面寫著「本店只受理兩人一組，敬請見諒」。

我可以接受。照理說哪裡都不會有像我這樣的單身漢。撇開不好意思上門這件事不說，店裡原先就不受理單身對象，所以根本不可能會有我這種人出現。現在我好像正處於最尷尬的狀態。

然後我明白須藤死纏爛打想約堀北的理由了。若是這種形式的占卜，就必然會和堀北兩人排隊，而且還能聊天。他們可以共度一段漫長時光，直到占卜結束為止。

「換句話說，他打從一開始就沒把我算進去……」

我知情一切之後，就開始覺得須藤的態度和話裡感覺有各種不同意思。

我在想他甚至沒有要順便約我。他恐怕應該考慮要隨便找理由把我趕走吧。這實在是件很哀傷的事。

「順帶一提，請問隔壁隊伍也一樣嗎？」

「……是的。右近老師也是受理兩人一組的占卜……」

「我明白了。」

我向店員點個頭，就迅速離開隊伍。已經在後方排起隊伍的學生向前靠了一步。

真沒想到會有這種陷阱。就我的想像來說，占卜就像是那種老奶奶獨自在路上角落勉勉強強賺小錢營業的東西。

最近也存在這種推薦情侶的占卜啊。我本想體驗一次占卜也不錯，但這樣的話也沒辦法了呢。我也不覺得這有特地約堀北重新來一趟的價值，還是乖乖撤退吧。

「啥？如果是一個人就不能受理？」

隔壁隊伍好像也有和我一樣的單身受害者，我聽見了好像很憤怒的聲音。我半懷同情心地望過去，結果卻不幸地與那名單身者對上了眼。

「啊。」

對方如此簡短答道，是個認識我的人物。

我決定當作沒看見並且離開。結果不知為何，對方也在同個時間點邁步追了過來。

我稍微加快腳步。

「欸。」

我好像被對方認為是在逃跑（雖然實際上我就是打算逃跑）。她追了過來，抓住我的肩膀。

「有什麼事嗎？」

「堀北在哪兒？」

少女如此簡潔問道，同時環視四周。她是C班學生，名叫伊吹澪。這傢伙好像也和須藤一樣，正透過我尋找堀北。不過關於伊吹，她這行為是個正確選擇。只不過如果可以，要是她可以不透過我，而是自己去找堀北，我就省事了。

「我不是總是都跟那傢伙行動。今天我是自己一個人。」

「哦，這樣啊。」

之前無人島考試上，這個伊吹作為間諜侵入D班，試圖讓D班陷入混亂。最後她和堀北發展成那種拳腳相向的決鬥，自那次以來伊吹就一直仇視著堀北。進一步說明的話，應該可說是視堀北為死對頭吧。

雖然平時帶刺的性格沒有改變，但她的便服相當清爽，給人帶來了好感。要是她能稍微溫順點，即使受歡迎好像也不奇怪。

「通常占卜都是一對一進行吧？真是完全出乎我的意料。你不這麼覺得嗎？」

「對啊。占卜是有這種形象。」

「所以，你不邀請堀北重新再來嗎？」

須藤也好，伊吹也好，他們的話題核心都是不在場的堀北。

「我不會重新再來。妳要是這麼想和堀北說話就直接找她吧。妳要不要試著邀她一起去占卜？」

「啥？我絕對不要。我和她又沒什麼話好說。」

既然這樣，我真希望妳別每一次每一次都提到堀北的名字。

「我原本就對占卜沒那麼有興趣，所以沒什麼好留戀的呢。但妳沒關係嗎？」

「若說不會留戀，就是在說謊了呢……」

伊吹被迫必須兩人一組，並領悟到這是個難題。接著左右搖頭，捨棄心中的留戀。

「這也沒辦法，應該只能放棄了。因為我也不擅長跟人說話。」

這看似是答案，但其實不成回答呢。這傢伙說自己不擅長說話，可是伊吹看起來並不像是佐倉那種會覺得進行對話很困難的類型。事實上，她對待我也是平起平坐……不然就是以高姿態強勢地前來搭話。

「妳去邀龍園吧。」

我摻雜玩笑話地這麼說，伊吹便徹底表現出與厭惡堀北同等，或更勝於那的情緒怒瞪過來。

「我絕不想連假日都得看見那傢伙的臉。你在開玩笑嗎？」

「妳在船上也是和那傢伙一起行動吧？一般都會認為你們很親近吧？」

我端出為數不多的事實，表示自己沒道理被她怒視，然後逃開她的視線。

「……因為我有沒識破D班領導者的責任。」

她如此輕聲回答。如果這是正確的答案，也就表示伊吹是為了負起那項責任才和龍園共同行動嗎？光憑這點雖然無法看出全貌，但其中應該有C班才懂的理由吧。話雖如此，伊吹在特別考試的前半場比賽——無人島野外求生考試上確實識破堀北就是領導者，這並沒有錯。要是我沒妨礙，照理說她毫無疑問會給C班帶來巨大貢獻。

「我想問你。野外求生考試D班的領導者是誰？」

「誰知道。」

「什麼誰知道，你不可能不曉得吧？」

「就算知道我也無法告訴妳，但我是真的不曉得。D班大概幾乎都不知道吧。我想大家只知道堀北好像在背地裡行動，順利做了某些調整。」

伊吹彷彿要看透我內心深處似的望了過來。

然而，我當然也沒蠢到會被簡單的洞察識破。

「……算了，要是能輕易知道就不用辛苦了吧。」

伊吹放棄地聳肩。

「龍園不行的話，那邀請同班女生就好了吧。妳應該有一兩個朋友吧？」

「如果有那種對象，我就不必辛苦了。我絕對不要邀請什麼班上的女生。」

看來就連她的同班同學，好像都進了她「絕對不要」的範疇裡。如果照這樣看來，所有在校生可能都是伊吹厭惡的對象。伊吹討厭別人的程度和堀北並駕齊驅……又或者是比堀北還嚴重。

在這種意義上她們都是類似的人。只要些許契機，她們好像就能要好起來。

「就像妳現在和我說話一樣，伊吹妳和任何人都能普通地對談吧？我感覺不出妳不擅長與人相處耶。」

「沒這種事。你和我說話時也感受到了吧？那種帶刺的感覺。」

「嗯，這倒是有啦。」

每次和伊吹對話，就會有種被斷筋器刺進來的感覺。這恐怕是伊吹自己對他人的距離感表現。這點應該也會如實傳達給其他學生。

「事情無論如何都會變成這樣，所以氣氛總是很差。你懂嗎？」

也就是說，她因為不擅長說話，所以就連邀請同學都辦不到。就表達來說，我也沒把握「不擅長」這字眼是否正確，但這個伊吹應該是因為連同學都全部仇視的關係吧。

我隱約看見即使對象是占卜師，她都會用強勢態度去挑戰的那種形象。

「妳明明不擅長和人說話，虧妳會想讓人占卜耶。」

「這也是我煩惱的原因。那種感覺像是喜歡貓卻對貓過敏。」

那應該真的會讓人很焦急呢。也就是說，有些事物是就算喜歡也難以接受的嗎？

「虧妳這樣還能當D班的間諜。」

她原本就不和善，但就算這樣，她在間諜活動中也沒那麼給人帶來不愉快。因為D班學生們也都不疑有他地接受了伊吹嘛。

「那和這個是兩回事。總之我和別人說話就會緊張。因為緊張就會緊繃易怒。我很討厭這點，但這也沒辦法吧。我也不是自己喜歡才變成這樣。是說，為什麼我要跟你說這種事情啊。要是我讓人誤會該怎麼辦？」

伊吹面向別處，決定中止話題。

不過那也是我想說的台詞。回過神來，周圍的人全都排起了隊，只有我們在遠離隊伍之處獨處。我們很可能會被其他學生誤會。

不過，她是因為緊張才緊繃易怒的啊？

不擅長的根本原因似乎就在那裡。若是這樣，應對方法或許出乎意料地好懂。

就算不尋找她過去開始會緊張的源頭，我也有個計畫能夠應對。

「妳剛才說過當間諜時又是另一回事，對吧。」

「我是說過。因為事實就是如此。」

「那麼那時候和平常的差異是什麼？」

我這麼問完，伊吹因為答不上來，頓時陷入沉默。她接著說出她自己的答案。

「這種事我不知道。不一樣就是不一樣。只是這樣而已吧。」

與其說是回答，不如說她好像是放棄去思考其中差異。

「妳好像沒有深入思考過耶。」

「這是當然的吧。我怎麼可能會知道什麼細微差異。那不是因為當時我在演戲的關係嗎？」

「不，我認為這意外地單純喔。和他人說話與上次演技之間的差異，那大概就是『認知』的不同。」

「認知？」

伊吹好像對想都沒想過的字眼有些興趣，而面向我這邊。

「人無論是誰，只要想到對方是初次見面，就會覺得緊張。不過這是因為意識到這點才會緊張。那裡並無有沒有演技、自我暗示的差別。」

不擅長面對異性的人，即使對自己施加「今天起我要成為人生勝利組」之類的暗示然後參加聯誼，也不會變得健談與不緊張。結果，也發揮不出平時以上的能力。假如可以因此出色地說話，這不過是因為最初就擁有那些能力。如果把溝通能力和運動神經想成是同一件事就簡單了。這會考驗天分與後天培養出來的能力。

換言之，伊吹只是「擁有說話能力」卻「無法好好運用」而已。

「妳至今都對各式各樣的對象展開擅自的妄想，而被初次見面這件事情給綁住。這會連結到緊張，結果妳才會無法順利進行對話，不是嗎？」

「什麼啊。這什麼意思？先不論溝通能力很高的傢伙，一般初次見面任誰都會緊張吧？」

「當然。我也是這樣。不過，我覺得對商人都會緊張就有點過頭了。比如說，妳對超商店員也會感到緊張嗎？」

「啥？」

「在順道去的超商裡所見到的店員幾乎都是初次見面。請問您有集點卡嗎？請問要加熱嗎？——妳應該不會認為自己會對說出這種話的店員感到緊張吧。」

「是這樣沒錯……」

結果，我們就是因為思考且意識著對方，才會不禁感到緊張。對方會怎麼看待我呢？我想讓對方覺得自己很好，我希望對方覺得我是好人——因為我們這麼想，所以才會開始緊張。

伊吹潛入D班時應該沒餘力思考到如此程度。她光是表現自己是受害者就已經竭盡全力。說起來她一開始就沒自覺想和別人說話，她才會什麼也不用想就順利進行，事情不過如此。

要說為何，因為她就是藉由表現出一如既往的邊緣人氣質，偽裝了與C班之間的對立。

「經你這麼一說，確實是這樣呢……」

「占卜師有種必須面對面說話的印象呢，會緊張也無可厚非。但別想得太多，緊張應該就會緩解了吧？」

「……原來如此。是說，為什麼我就非得聽你講解這種事啊？」

伊吹吃驚地察覺此事，以眼看就要撲過來的氣勢怒視著我。

「孤身一人的時間一長，就會逐漸熟習這種無趣的知識呢。從思考自己為什麼交不到朋友，到思考會讓自己緊張和不緊張的對象之間差異，最終則會變得去思索人從何而來，以及要去何方。」

「好恐怖……你這種人感覺將來很可能會做出大屠殺之類的事……你是這種角色啊？」

「……哎，一言難盡。」

我才打算要順勢把說得有點太深入的部分蒙混過去，結果話題就往相當危險的方向發展。拜此所賜，我或許不小心深深帶給她我是怪人的那種印象。

「總之我要回去了。妳呢？」

「我應該也要回去吧。結果自己一個人的話好像也無法讓人占卜。雖然我對空亡很有興趣呢。」

「空亡……？」

聽到平時完全沒聽過的詞彙，我不禁反問。

「你連這種事都不知道就來這裡啊？」

她傻眼地嘆口氣。就算妳對我這麼說，但我可是貨真價實的門外漢。就算懵懂地想給人占卜也是我的自由吧。

「簡單說的話，那是可以看見自己厄運時期的占卜。」

聽說占卜世界很深奧，但原來它也可以針對對象來占卜啊。我一直以為會是些要在身上戴紅

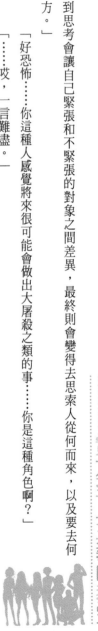

色飾品、這個月別忘了東西——在超級外行人的想像中就是這般程度。然而，照伊吹所說的好像不是那樣。

「我的目的就是這個呢。只是沒想到居然會是戀愛為主。」

她遺憾似的說道，接著回頭看了看排隊人龍。

「以學生來說，會在戀愛方面這麼利用占卜也沒什麼好不可思議吧。但實際上應該也有人是喜歡占卜，並以空亡（？）為目的而來。」

「話是沒錯。但總覺得在店家硬要兩人一組的時間點上，我就應該要察覺到這是戀愛占卜了呢。」

伊吹也沒留下道別的話，就這麼離開。

2

我回到宿舍，試著調查關於空亡的事，發現它極為深奧。

在一九八〇年以前，空亡似乎曾廣受注目，甚至在世上蔚為話題。

然而在成為風潮的同時，其可信度也曾遭受質疑。某知名占卜師就曾經因為占卜空亡失敗而被迫引退，這甚至還成了大新聞。

我不會說占卜本身沒價值，但沉迷或太相信也是個問題。不過占卜的內容，可以說就是勾得起這麼多人的興趣，而且充滿魅力。好歹它也風靡一世。從即使現代也備受相信的這點看來，應該也算有些命中率吧。

這麼一來，我便忽然湧出了好奇心。

即使網路過去的文章再怎麼說明真相，也還是無法讓我信服。人不可能靠占卜來看透未來、看透一個人。正因如此，我才想讓人占卜一次，證明那是謊言。我想做出那是冷讀術（cold reading）之延續的結論。

「只營業到月底嗎？」

我試著調查，發現這些占卜師們暑假結束就會撤櫃，好像也不知道下次何時才會再來。依情況不同，占卜相關人士說不定也不會再次拜訪這間學校。

我沒有對象可以邀請。這回我在這個時間點上卡關了。

「雖然這麼說……」

我被堀北拒絕過一次，而且說起來我也沒勇氣去約櫛田。

如果是佐倉，總覺得她似乎會願意傾聽我的請求，但是把她叫來盡是情侶的人群裡，或許會帶給她不愉快的回憶。

雖然還有須藤、池、山內等男生們，可是他們應該不會不惜抽出剩下的珍貴假期和男生去占卜吧。

「……死局了嗎？」

簡單的答案出爐。若憑我這有限的交友關係，我即使再怎麼絞盡腦汁，好像也都沒辦法。

說起來我真的很不喜歡以情侶為前提的占卜。我也有了伊吹那樣的想法。對於純粹對占卜有興趣的人來說，這應該不得不說是個很嚴重的影響。

我這麼總結，結束了網路上的搜尋。

3

在我這麼放棄了的隔天，我的雙腳不可思議地自動走向占卜師身邊。

大概是因為我連續好幾天都很閒。除此之外也沒其他理由了。

「啊。」

接著又是個奇妙的緣分。我和伊吹在同個時間、同個地點再次碰面。

「你為什麼又來了……還是自己一個人。」

伊吹像是覺得噁心似的抱住自己身體，表示露骨的厭惡感。

「這也是我要說的台詞。我要原封不動地奉還給妳。」

「我說過我喜歡占卜吧？我只是在想，或許自己一個人也能讓他們占卜。」

感覺她是期待再次交涉，或說是期待情況或許會有所變化才來。也就是說，伊吹應該就是那麼喜歡占卜吧。我開始想了解她是喜歡占卜的哪個部分。

「雖然這是個很單純的問題，不過伊吹妳是那種相信占卜的人嗎？」

「我不能相信嗎？」

「不，我沒那麼說……那不是一時半刻就能去相信的東西吧。」

占卜是靠堀北所說的像是冷讀術（cold reading）這種話術才成立，但並不是任何人都懂。這麼一來，其他許多人就會去相信那份極不可思議的力量。

「這是對占卜有興趣的人最初會思考的事，但你要是不能捨棄這份想法，就最好放棄對占卜抱持興趣。」

「也就是說，不相信占卜的人沒資格接受占卜嗎？」

「不是這樣……但我先說，我也不是無條件相信占卜。但從一開始就盡是懷疑，是不會有任何收穫的。」

伊吹敘述般的繼續說道：

「瞧不起占卜的人通常都會抱著矛盾。很多人會說神佛不存在，但傷腦筋時還不是都會去求神拜佛。」

這表達方式很棒。神是不存在的、幽靈是不存在的——放出這種狠話的人大致上都會去祈求神明。他們新年會去參拜神社，祈求無病消災、生意興隆、實現戀情，然後說「神啊，求求祢」並且雙手合十。這即使換成占卜也一樣。人要相信什麼、期望什麼都是千差萬別。任誰都無權否定。

可是——我在心裡補充這麼一句話來思考。我確實理解伊吹的話，但即使如此，占卜也不同於神佛。那是和我們同樣實際存在的人在做的事。就算對此存疑也不奇怪。

「懂了嗎？」

「嗯，妳說得很好懂。」

即使留有疑點，但我也充分理解伊吹想說的話。我試著在此做出一項提議。

「欸，雖然說現在在做的占卜是兩人一組，但他們也不是只會占卜戀愛契合度吧？」

「一般想的話是這樣沒錯。」

「這樣的話，我們要不要在此試著忽略對象來讓人占卜？我和妳都只是純粹對占卜有興趣。既然關係不會難以切割，我想怎麼做都不會產生問題。」

我嘗試做出這般提議。我本身對伊吹也只抱持平常心。

這既不好也不壞，我們的關係就猶如泛泛之交。

「我是不介意……我也想讓人占卜。不過你沒關係嗎？」

「堀北的話，她純粹只是朋友。」

「我不是這個意思。應該有不少學生因為無人島上的事情而怨恨著我吧？」

看來伊吹好像打算用她自己的方式來顧慮我。她擔心要是讓人看見我們待在一塊，或許我會遭受同學怨恨。

「我應該幾乎不用操這個心吧？」

我這麼回答。伊吹覺得不可思議地歪歪頭。

「我不懂為什麼會是這種回答。」

「如果這是間相親相愛的學校，妳做過的事也許會嚴重違反道德，但這所學校強調實力就是一切。最重要的是，那是場班級互相對抗的考試。依情況不同，就算是間諜活動、妨礙行動，我們也都會去做，不是嗎？」

「大家心裡應該也會有因為不講道理的情感而無法接受的部分吧？學校裡不是全都是腦筋靈活的傢伙。」

「我認為那種傢伙一開始就沒資格入籍這所學校了呢。」

我清楚地表達完意見，伊吹便雙手抱胸，稍微露出了思考動作。

「沒想到你意外地厚臉皮呢。」

「我可是個不及格生。我對往上爬和踢掉別人都沒興趣。頂多只會覺得如果可以靠堀北那種學生的努力往上爬就太幸運了。」

從伊吹這種打算靠自己的力量做點什麼的學生看來，這件事情會讓她嗤之以鼻。

但伊吹卻沒笑我，也沒鄙視我。

「這不稀奇吧。說起來大家會入學這間學校都是看準畢業時的特權。因為沒料到學校會以這種形式讓我們競爭，大部分學生都很倉皇失措。」

C班的人好像和D班沒那麼不同。那樣的話，伊吹在早期階段就被龍園看上並交付間諜活動，在C班裡的地位應該也相當高吧。事實上，她在被我們班識破真面目之後，也經常在龍園身邊行動。這傢伙說自己犯下失誤才和龍園待在一起，但她應該還是在某程度上深受龍園信任，所以才會共同行動。

我們兩人同意之後就排起了隊。昨天接待我的店員確認今天我是兩人同行，就遞給了我一張感覺是號碼牌的紙張。看來我們要等八組客人。

「好像要等上一會兒了呢。」

假如一排隊伍對上一名占卜師，那就算假設一組十分鐘，我們也得等一小時以上。好像要耗費很長的時間。接下來，我們兩個要如何獨處，忍耐一小時以上呢？對話大概無法長時間延續。

「啊，別在意我們之間的沉默。我們的關係只是為了要占卜，應該不必無謂地聊天。」

「也是……」

她好像看穿了我的想法。這樣我就省事了，真是幫了大忙。

4

「那麼下一位請進。」

從小小間的臨時櫃位中傳來這般聲音時，已經是正中午。

結果一組好像都耗費將近十五分鐘，我們於是被迫一直站著。正當我開始心想占卜怎樣都無所謂之時，便得以穿過布簾，走進占卜師正在等著我們的房裡。

「真是等了好久。」

然後，那裡呈現電視上經常看見的那種光景。這偏暗的燈光大約是三十勒克斯吧。此外，還有一顆如擲鏈球球體般大小的水晶球，放在一本來歷不明且內容不詳的偏厚書籍上。占卜師老婆婆披著兜帽，我們無法窺知她的表情。這裡只有氣氛絕佳。

水晶球感覺好像隨時都會發出光輝，映出我或伊吹的未來。

占卜師前方放了兩張沒椅背的圓椅。意思應該是要我們坐在這裡吧。我們兩個就座之後，占卜師就輕輕一笑，移動了右手。

「首先——請你們先支付費用。」

她這麼說完，便從桌底取出小型讀卡機，放在桌上。

占卜館風格的出色氣氛之中，因為突然出現文明便利器具，而藏不住突兀感。雖然我沒想過會是免費，但總有種忽然被拉回現實的感覺。

「我可以請妳算什麼？」

伊吹在拿出學生證前這麼問道。

「我可以算妳的學業、事業、戀情、喜歡的事物。」

占卜師陰森地冷笑。這部分雖然讓人感受到魄力，但就印象來說，與其說她是名占卜師，不如說更像是名魔女。不過，她和桌上擺放的費用表實在很不相稱。

費用表細分成好幾類。剛才占卜師說的項目好像就含在「基本方案」裡。上面有好幾項套組，其中也有一項是和空亡有關。此外，上頭還記載可以看見一生命理的占卜方案。由於占卜是以兩人一組為前提，剩下很多都是有關戀愛的方案。雖然這是我擅自的想像，不過，如果情侶在占卜上被指出契合度不好，他們會打算怎麼做呢？只不過不管哪種方案都是五千點以上，價格相當昂貴。

「話說回來……這還真貴耶。」

對每天都為了籌措點數而傷腦筋的D班學生而言，這是個很傷的開銷。

話雖如此，但到這裡沒讓占卜師調查我的空亡就回去，這趟其實就等於沒意義。雖然我也可以聽完伊吹的占卜結果就回去，但這樣我就無法得知占卜有無可信度。我心想為了以防萬一，於是便在手機上確認了餘額。畫面顯示出我的個人點數。餘額大約有六千點。好像勉強過得去。

「我只要基本方案。」

很意外的是，她明明聲稱自己喜歡占卜，卻好像不打算讓人詳細占卜。

「你要怎麼占卜？」

「我要和伊吹一樣的方案。」

我這麼告知占卜師，同時已經開始有種猶如在定食店點餐的心情。接著把學生證覆蓋上去。

嗶——讀卡機發出感覺像是電車車站剪票口會使用的過卡聲，並從我的餘額扣掉款項。

「那麼，先從那邊的小姐開始。妳的名字是？」

「伊吹。伊吹澪。」

她簡潔答道。

「我的占卜會看對方的面相、手相以及內心。我也會看見其中妳不想讓人看見的東西噢。」

「隨妳高興。」

不知伊吹是信還是不信，她對占卜師的話毫無動搖，如此回答。從占卜師的兜帽空隙中可以看見她滿是皺紋的皮膚。從中露出的目光相當銳利。

她接著指示伊吹伸出雙手，慢慢說起占卜結果。

「首先是手相。妳的生命線很長，應該會很長壽。現階段也看不見會生大病……」

占卜師開始說起實在很常聽見的評語。我不認為靠手掌線條就會知道這種事。儘管想著不行這樣，但我還是會不禁想用成見去否定占卜。占卜師是以個人經驗作為基礎的統計，來進行判斷的嗎？我只認為她是單純利用身體健康的客人很多，及一面觀察對方臉色之類的在做回答。

接下來，占卜師不斷細細說明學業、財運、戀愛等，只讓我覺得老套的答覆。

一般我們可能會生氣，覺得這是在詐騙，但伊吹卻滿意地聽著占卜師的話。占卜師幾乎沒說什麼壞事，只啟示了光明的未來。偶爾也會督促伊吹要多加注意，但也不是特別會伴隨性命危險的事。

「謝謝您。」

伊吹在占卜結束後，恭敬地低下了頭。我連理解占卜為何的時間都沒有就輪到了我。

占卜師用和伊吹剛才相同的步驟開始了占卜。

我占卜時的解答和伊吹幾乎沒有太大差異。雖然情況並不相同，但基本上都是在講好事，而有時也會要我注意災難。她告訴我這樣的須知。

「……原來如此。你的童年時期好像過著相當嚴酷的生活。」

就算妳對我說這種籠統的發言，但大部分孩子都會在童年經歷一兩件自己覺得很嚴酷的事。尤其是男生。如果可以，我希望她可以回答得具體一點。

比起這些，占卜照理說是要算未來，為何要占卜我的過去也是個謎。

然而，隔壁的伊吹既沒吐嘈，也沒打呵欠，而是認真地聆聽結果。

難道占卜就是這種東西嗎？

或者這只是作為必要儀式，在追溯過去而已？

嗯，占卜大概就是這種東西吧。直到這個階段為止，我都是這麼想的。

因為人類都是只顧自己方便的生物。我們會把在此被說的「幸運」先放到記憶中的某處。就算完全與占卜影響無關，但幸運造訪時，我們就會拉開記憶中的抽屜，並擅自去做解釋。

心想──「嗯，當時占卜就是在指這時候的事」。

然而，實際上這是錯的。因為無論是誰，人生中或多或少都會有福禍造訪，因此會吻合也是理所當然。

「這是……」

占卜師停下再次做出模仿儀式般的雙手。

「你是『宿命空亡』的擁有者。」

「唔哇，真的假的。」

撇開當事人不說，對這結果最驚訝的就是占卜師與伊吹。連空亡都是我到昨天為止仍不知道的單字，又新增單字給我，也只會讓我感到混亂。

「簡單來說，意思就是你出生之後都會一直過著運氣很差的人生。」

「那還真是倒楣到極點了耶……」

雖然這應該是偶然間的產物，不過占卜師說中了。

然而，即使關於這件事，曖昧不清的這點也沒有改變。只要稍微悲觀地看待自己，應該也有不少人認為自己過著倒楣的人生。

但假如是罕見的空亡，對提出這點的占卜師來說也有風險。

「順帶一提，那個叫作宿命空亡的東西，今後也會一直持續下去嗎？」

「剛才那位小姑娘說你會過倒楣的人生，但那有點不一樣。」

「小姑娘……」

「宿命空亡確實罕見。就算這麼說，也並不是註定就會倒楣一輩子。過程的確會很不好，還會有無法受到血脈、雙親恩惠之類的壞影響，但這終究端看你的個性。要去做什麼、要去成就什麼，都是由將來的自己來決定。」

從剛才為止都還很嚴肅的那張表情，其眼眸深處甚至看起來逐漸充滿了慈悲。

「你既不必悲觀，也不必表現得像是喜劇主角。」

雖然可以聽見幾句有意思的話，但這終究是占卜。

這不是那種必須入迷地豎耳傾聽的事情。

我從椅子站起，打算離開，占卜師卻叫住了我。

「我要給你一個建言。請你直接回去，不要繞遠路。要是經過多餘的道路，你也許會被困住很久。萬一遭遇到被困住的情況也別慌張。只要冷靜下來互相合作，就可以度過困境。」

占卜師留下這種充滿預言感的話。

5

「你覺得怎麼樣？第一次的占卜。」

「妳呢？」

「大致上很心滿意足。因為那個占卜師在社會大眾上也算相當有名，聽說命中率也很高。」

「這樣啊……那職業乍看之下很簡單，但是應該很困難吧。」

「這什麼意思嘛。」

雖然半數以上全都是固定套路、符合占卜形象的常見結果，但當中也有出現讓人為之驚訝的內容也是事實。那些是光憑我提供的關鍵字也難以得出的事情。

我不認為那純粹是只要擁有漫長人生或占卜經驗就可以提出的猜測。

「今後我不會再覺得『只是占卜』而小看它。我的感想大概就這樣。」

「哦，是喔。」

明明就是她自己來問我，這回覆實在是很敷衍。我們來到附近的電梯。

「呃……又是人擠人。」

去程是地獄，回程也是地獄。電梯前擠滿了學生們。

「抱歉，我要繞遠路回去。」

「我也要。」

看來伊吹好像也正在做和我類似的思考。

我們兩人正要前往遠處電梯，便想起方才占卜師的建言。

「話說回來，剛才……」

「占卜師好像說過別繞遠路。」

我和伊吹瞬間對上眼神。不知是偶然還是必然，我們現在確實正打算繞遠路……

「算了。預言會如何實現，說不定也很有趣。」

又或者，我們會就這樣沒發生半點事就回去，接著開始認為占卜果然根本沒什麼呢？

結果，我們什麼都沒發生，就這麼抵達遠處的電梯前。和去程時一樣，這帶沒任何人在。我把可以任我們使用的電梯叫來，接著搭了進去。

「一樓可以嗎？」

「反正我要直接回去。」

我們好像都沒有要順道去哪裡。於是我便按下一樓按鈕，關上了門。

電梯緩緩運作起來。

我們已經沒什麼話好聊，所以就在電梯裡沉默地度過。然而，電梯才運作沒多久，三樓的標誌亮了以後，電梯便隨即發出低沉聲響，並且停了下來。

好像也不是有人打算從三樓搭進來。電梯似乎是從三樓往下降的途中停下來。在我想東想西的期間，視野忽然變成一片漆黑。不過，緊急照明燈隨後便亮了起來，避免了一片黑的情況。

「難不成是停電？」

「會是這麼回事嗎？」

很少人實際遭遇電梯故障的場面。假如這就是占卜師說的意外困境，這在某意義上應該就是說中了吧。

「總之，一般應該打緊急電話就可以了吧。」

不必在此慌張。電梯備有應對故障時的手段。電梯艙內有監視攝影機，而且也備有緊急按鈕（聯繫至防災中心之類的內線電話）等等的作為設備。伊吹沒有異議，就像是要交給我處理似的，在後方倚靠著牆壁，雖然我也不擅長和別人說話……我按下按鈕打算叫人。

然而——

「完全沒回應。」

我不清楚電話有沒有響，但它沒有打到防災中心的跡象。

「應該是因為停電，電話才會不通？」

「不，通常電梯裡都會常備可以維持數小時的電池。事實上，緊急照明有亮就是證據。這麼一來，除了內部故障之外，其他應該就沒得考慮了吧。」

我按了按聽障者在使用的按鈕，可是這裡也沒有反應。主要是因為按鈕連接著的操作面板失靈了嗎？

電池仍在發揮作用，空調也還在運作中。雖然這點算是種安慰，但我該怎麼做才好呢？

「妳能不能用手機聯絡學校？這裡應該不會沒收訊。」

「抱歉，你可以去聯絡嗎？」

「我了解妳不想和別人說話的心情，但幫我做這點事也沒關係吧？」

「真是……」

伊吹不情願地掏出手機，但她一看見手機畫面，就露出了好像很尷尬的表情。她將畫面朝向我這邊。螢幕上顯示電量不足的標誌，然後立刻就自動關機了。

「我連用手機互相聯絡的對象都沒有，所以常常電池沒電都不會發現。用你的手機打。」

「真沒辦法……」

我拿出了電話。可是看見畫面，我就僵住了。

「趕快打呀。」

「看來情勢比我想的還嚴重。」

就像伊吹剛才對我做過的那樣，這次我也把自己的手機拿給伊吹看。畫面上顯示剩餘的電量僅有百分之四。它就像是隨時會熄滅的風中殘燭。

「虧你還敢瞧不起別人。」

「我和妳很類似。我平常說話對象少，就算不帶手機也不會傷腦筋。」

「不不不，事實上現在就在傷腦筋了。真是沒用的男人。」

「我們明明就處在相同立場，妳講話的方式還真是無情……問題應該是我要打到哪裡呢。」

雖然我也可以打給警消，但總覺得好像有哪裡不太對。如果是在學校用地裡，應該有更適合打去的地方。我這麼心想，於是便找了找電梯裡有沒有寫著緊急聯絡電話。接著發現電梯按鈕操作附近寫著十位數號碼。

但是——不知道是誰做出了惡作劇，後面的四位數被麥克筆給塗掉了。

「這種惡作劇不能做吧……」

「要不要打給你認識的人請對方幫忙？」

「認識的人啊……」

雖然也只有這樣了，但問題是我要聯絡誰。

「要可靠點的話，就是堀北了呢。」

「駁回。」

「……我就想妳會這麼說。」

「要是變成那樣，就會是在請那傢伙幫忙了吧。這可不是開玩笑的。」

我認為這個狀況下無論是誰來營救我們都無所謂。況且，這也不是伊吹的失策，純粹是因為電梯故障，因此也不用在意。

她大概不喜歡讓對手看見自己的脆弱處，或說是傷腦筋的模樣吧。

「這麼一來……妳不想引起騷動，對吧。」

伊吹輕輕點頭。可以盡可能不引起騷動就把我們救出去的人物啊。這樣一來，笨蛋三人組從最開始就免談了。若是這種事件，就算他們四處去宣揚也不奇怪。話雖如此，但即使拜託不會有張揚疑慮的佐倉，問題也很難解決。如果要去聯絡大人，她應該會很手足無措，而且我也會造成她很大的麻煩。同樣地，這件事情也不適合櫛田或輕井澤去做。可以圓融行事，並以最低限度採取行動的存在，還要值得依靠——

「這樣的話……」

存在我通訊錄當中值得依賴的應該就只有某個男人了吧。

「我會體諒妳的意思，不過剩下的人選就交給我挑了喔。」

「只要不是堀北就好。」

我再次被她囑咐這點，就立刻撥了電話給某個男人。鈴聲響了數秒，那名寡言的男生便靜靜接起電話。我接著說明現況，請求幫助。然而，通話才開始沒多久，手機就靜靜地關機了。

「沒電了。」

「有順利告訴對方了嗎？」

「大概吧。」

接下來只能坐著等。雖然這麼說，但我也不必慌張。遲早會有其他人發現這個狀況。就算想像連續劇或電影那樣貿然逃出電梯，也只會伴隨危險。

情勢卻往意想不到的方向發展。機械的沉重低音忽然響遍電梯內，送出舒爽涼風的空調停止了運作。

「不會吧……」

至今彷彿都認為事不關己的伊吹也在此表現出心裡的動搖。這裡是夏季裡的密閉空間。很容易就可以想像到溫度將急遽上升。現在四周空氣只有稍微升溫，但只要時間經過，即使不願意應該也會冒出汗水吧。

「我們有沒有辦法靠自己的力量出去？」

「好像是有救災出口啦……」

話說回來，最近裝在電梯天花板的四方形出入口逐漸減少了。雖然我們在電影上對這個東西也不陌生，不過我記得現實中是——

「那個要怎麼打開呀？」

伊吹會抬頭望著天花板並且懷有疑問也是無可厚非。這扇救災出口一般不會從內側開啟，是外側來營救的人打開密閉電梯的最終手段。除了檢查時，通常應該都會從外面上鎖。

「我認為什麼都不做才是上策。在電梯內碰到緊急狀況時，在裡面等待才是鐵則。」

這才是最保險且讓人放心的方法。

「如果我們忍得住這間蒸氣浴的話。」

室內溫度在我們展開無結果的對話期間升了起來。我了解她想從這裡出去的衝動，可是我希望可以避免貿然的行動。我脫掉一件上衣，接著坐到地上。

這種時候要冷靜下來，不讓體溫上升才是。

「妳要不要也坐下來？很熱的話，也有脫掉衣服這個辦法。」

「……啥？你不會在這種狀況下還在想下流的事情吧？」

看來伊吹好像照字面上理解了我的話，提高了戒心。

「聽說妳和堀北交過手。妳說我哪可能敵得過那種傢伙。」

「說得也是……」

「當然，假如妳要脫衣服，我也會背對妳。妳就放心吧。」

「我才不脫。」

我才不要——伊吹這麼說完，就當場一屁股坐下去。

——

我們之後乖乖等了三十分鐘左右，卻完全沒收到聯絡。

我聽著身旁的伊吹逐漸急促的呼吸，一面如此嘟囔道。

「真傷腦筋……」

我的額頭冒出汗水，頭上滲出的汗順著髮梢滴落下來。

我的襯衫已經濕得就像瀑布。比我想像中還危險的情況正逐漸襲來。

仔細想想，這台電梯是設置在櫟樹購物中心的牆面上。平時多虧空調而感受不到影響，但它其實處在非常容易積熱的條件之下。夏天會發生小孩被放在車內死亡的事故，而大人同樣也會發生相同的事故。也就是所謂的中暑症狀正開始襲向我們倆。

「啊——我已經到極限了！給我動起來！」

伊吹焦躁地站起，狠狠踹了電梯艙內。她踢到的地方徹底凹陷了進去。接著又在同一地方踹了一腳。劇烈晃動的電梯沒有開始運作的跡象。

「這是在白費力氣喔……雖然我想這麼說，但待著不動實在也開始變得無法說是安全的了呢。」

假設外面的人可以在電梯停止五分鐘後察覺緊急事態，離救難隊趕來則大約要花三十分鐘吧。救援也是時候該到了。

這段時間如果一直待在艙內，中暑就無可避免。根據情況不同，我們甚至也會有性命危險。這樣的話，待著不動似乎就會變得不是個正確選擇。

「只能硬著頭皮上了嗎……」

就算是我也不想死於電梯蒸氣浴。

「要直接把門踢爆嗎？欸，要踢爆它嗎？」

伊吹已經因為炎熱而逐漸失去冷靜。她拚命抑制想失控的衝動。

「總之，先別管能不能出去。試試上面的救災出口能不能打開吧……」

現在需要的是逃出這個密閉狀態。就算出不去也沒差，只要能打開就行。

「高度——有兩公尺以上呢。大約有二點二或二點三公尺。」

就算我伸手，當然也都碰不到。

「讓開。」

伊吹充滿魄力地讓正在測量高度的我退下，接著就在救災出口正下方跳了起來。漂亮的垂直跳躍。她隨後張開右手掌，一鼓作氣地往上推。

然而，緊急出口卻沒有半點移動的跡象。電梯因為伊吹著地的衝擊而大幅搖晃。

「……好像關上了。」

「我想也是。」

假如它只是蓋著，剛才那一擊的力道，感覺足以把門打開。

「你剛才推測它是關上的。不過如果就是如此，那它上鎖的方式會是什麼？」

「不知道耶。我想是被掛鎖之類的鎖住……但這怎麼了嗎？」

在這點上我也不知道實際情況會是如何。

「我要踢爆它。」

「不，等等。再怎麼說這也沒辦法吧。」

我不清楚伊吹是不是對自己的足技很有自信，但那不是可以輕易踢破的東西。

「這道門叫作救難出口對吧？換句話說，就是可以往外打開的東西。救難人員會從上面打開蓋子，所以從我們看來就是道往外推開的門。用最低限度的必要力道就可以解決。」

我不是不懂她說的話，但畢竟現在是這種狀況。

說起來當它位於天花板的那一刻，別說是踢不到，連腳要碰到都很困難。

「不試試怎麼知道。」

伊吹似乎想盡快逃出這個熾熱空間，而望著左右側的牆壁。難不成她打算做出踏牆跳躍之類的動作嗎？雖然這傢伙讓我覺得很可能辦得到，但我可不能讓她這麼做。

「……雖然我想過再怎麼樣也不會應驗，但占卜師的預言卻說中了呢。」

「啥？這又怎麼樣？」

「那位老奶奶說過吧，說即使被困住也不要慌張，要互相合作。」

我把視線投往排列著電梯按鈕之處。

「緊急按鈕和電話都沒反應，但其他方式又如何呢？」

考慮到一樓的燈本身還亮著，表示部分電池還在運作。我嘗試按了二樓的按鈕。接著二樓的燈就亮了起來。

或許這單純只是燈還可以點亮，但也有一試的價值。

我胡亂按起了按鈕。

「看來好像沒用。」

伊吹對幾乎按完所有按鈕的我教誨般地說道：

「應該只能把門給踢破了吧？」

「不，還有辦法。電梯不是有像是取消指令那樣的東西嗎？」

我對電梯不是很了解，但唯有這點，我不曉得有在哪裡得知過。

那就是按錯搭乘樓層時的取消辦法。我想根據廠商不同，操作也會不一樣。我記得方式應該就是長按想取消的樓層按鈕之類的。

我長按二樓按鈕，結果發出黃光的按鈕就熄滅了。

「我記得應該也有轉為直達模式的指令……」

「直達？」

「例如這裡是三樓，通常二樓想搭電梯的只要按下按鈕，電梯就會停在二樓。不過如果使用直達模式，就可以無視那道指示，直接下去一樓。」

我不清楚這台電梯是否也搭載了直達指令。

「問題在於它的方法呢……」

「這有嘗試的價值嗎？」

「比那困難的打破天花板還更有價值。」

只不過，實際上我不認為電梯會因此動起來。我藉由讓快失去冷靜的伊吹懷有希望，來改變她的思考方向，並爭取時間。

「妳也來幫忙想辦法。這種指令類的東西，在按的時候會呈現出個人思考。就算我動了各種腦筋，或許也會出乎意料地偏離正確按法。」

我試著連按一樓，同時按了按所有樓層的按鈕。

然而，無論按了哪個，電梯都沒反應。

「換妳。」

「……知道了。」

伊吹也參與這件事，站在按鈕前方開始各種操作。

我必須先思考萬一救援真的沒來時的對策。我並不打算採用伊吹的提案，但踹破電梯門也必須列入考慮範圍。就算不用做出踹飛門的舉止，破壞出可以讓人出去的縫隙也並非不可能。

我不是很清楚電梯構造，但只要可以出到外面，就總會有辦法解決。

只是可以的話，我希望我們可以不用這麼強硬的手段逃出去。

「我不知道樓層可以取消耶。不過，日常中可能按出的組合應該無法輕易變成直達吧？」

若以常識來思考的確如此。小孩子常會做出那種連按按鈕的舉止。如果因為這樣每次都會變成直達模式，其他利用者就會非常困擾吧。

換句話說，伊吹的推理是——它有有可能是一般不會有的組合。

「這或許是個很好的方向……既然這樣，最好也排除複雜的指令。」

譬如按下一、六、五、四、二、四，然後按下目的地樓層——如果是這樣，要記憶也很辛苦，而且所需的必要樓層高度，就會是六層樓之類。

假如比較小型、只開三層樓的電梯都無法使用，就會很奇怪。

「把緊急按鈕類視為不會用到的按鈕應該比較好。」

一般光是按下去就會產生反應的按鈕，應該很難當作指令來利用。

「這麼說……就是一、二、三，還有開和關這五個鍵嗎？」

「我們應該把那想成是由這個組合組成的呢。」

再說，如果組合繼續增多，我們實在也試不完。伊吹隨意地嘗試範圍內的模式。我邊看邊排除試過的組合。

「啊——真是的！好熱……！」

鏘——伊吹用手搥牆，發洩因炎熱而累積的焦躁。其實我很想告誡她這樣不太好，但她現在正因為這件事情在忍耐，我就睜隻眼閉隻眼吧。

「……打不開。已經全都試過了吧？」

「幾乎。要說還有剩下組合的話……」

有可能成功，而且是尚未試過的指令。

「妳可以同時按按看目的樓層和關門按鈕嗎？」

「按下關門鍵？……我知道了。」

「怎麼可能成功。」伊吹儘管這麼說，也還是試著按下沒嘗試過的組合。按下去的當下沒有反應。在我們以為沒辦法的瞬間，電梯緩緩開始動了起來。我們面面相覷。

電梯沒幾秒就抵達一樓，電梯門徐徐開啟。在室內涼風吹進同時，臉色大變的兩個大人看向了我們這邊。

「你們沒事吧！有沒有受傷！」

「啊，不，沒受傷。頂多就是很熱。」

只要看見我們汗流浹背的情況，就可以知道裡頭有多熱吧。大人好像也理解這點，於是便立刻遞來運動飲料。

接著為了謹慎起見，大人指示我們到醫務室裡接受檢查及處理。

「那個，請問我可以問件事嗎？難不成讓電梯運作起來的是——」

「喔喔，是我們直接從這裡操控的呢。」

一樓好像可以進行特殊遠端操控。他說他是試了那個。看來那不是多虧直達模式，似乎只是湊巧在同一時間點運作。

「……真是碰到了有夠累人的事情耶。」

「真是場災難。我短期內不敢再占卜了。」

我也不是不懂伊吹會想這麼說的心情。

我向大人答謝，一面接近在一段距離之外守望著我的男人。

「你沒事吧，綾小路？」

那名大塊頭男人用與他氣質很不相稱的模樣擔心地向我搭話。

「你真是幫了我大忙。你好像順利替我安排了呢。」

雖然是電梯停止的故障，但它沒成為引人注目的騷動。

那是因為這名男人——「葛城」順利替我暗中安排的關係吧。

「因為我在電話裡收到的資訊很充分。這樣就可以了吧？」

我要求不顯眼且準確的處理，這做法真是完美。

「我接著得去醫務室。下次再讓我答謝你吧。」

「沒這個必要。因為我才是受到你和須藤很大的幫助呢。既然不同班，我們無論走到哪兒都會有道無法跨越的線，但如果可以友好相處，也是值得歡迎的事情。」

「事情好像進行得很順利，真是太好了。」

「嗯，須藤漂亮地回應了我的期望。請你再次告訴他我很感謝。」

「知道了。」

「另外，綾小路。我也很感謝你。雖然我是為了要準備確鑿的證據，但你應該對我的提案非常反感。」

他很抱歉似的低頭道歉。現在我也同樣有種很想感謝他的心情。畢竟要是再繼續被關在電梯裡，我好像都快要瘋掉了。

「有什麼事就再聯絡我吧。要是可以幫上忙，我就一定會幫忙你——除了考試之外。」

葛城如此淺淺一笑，留下一句玩笑話，接著就回去了。

不知不覺間，我和眼前的男人——葛城開始要好起來，這份關係或許和同班同學的笨蛋三人組同等，又或者是在那之上。為何我會知道A班葛城的聯絡方式，而且和他變得要好呢？

——這就要追溯到距今不久之前了。

沒想到葛城康平正在煩惱

我認為日本人這個人種，有對宗教過於寬容的特性。

先撇開過去不談，現代無論個人要選擇什麼宗教，自由上當然都是受允許的。即使沒有信仰的神明也不會被視為問題。

不過，這樣的日本人平時不把宗教放在心上，在關於生日或者聖誕節等活動上卻深受基督教影響。

雖然起源應該當然是出自信仰心，但這也可以說是企業戰略順利奏效的結果吧。近年萬聖節廣受歡迎應該也是其中一種趨勢。

我想說什麼呢？——那就是，即使在這所學校，生日也是大型活動之一。學校用地內的購物中心或者便利商店等地方，一定都會備有針對各項活動的櫃台。

事情的開端，便是發生在我和伊吹被關在電梯裡的事件的一週前。

那是從收到身為班上療癒系角色的櫛田傳來的訊息開始的。

『其實下星期三好像是井之頭同學的生日呢。如果可以的話，要不要幫她慶生？』

這樣的訊息傳來了我們的群組。

井之頭在Ｄ班裡也屬於有點樸素乖巧的女孩。和佐倉的類型相似。

櫛田是說她朋友也沒那麼多，要大家透過生日活動來和她打好關係。當然，收到這則訊息的池沒有理由拒絕。要說為何，因為他對櫛田懷有好意到甚至很露骨。他大概會想利用這個活動盡可能地接近櫛田。

『你們都有收到小桔梗的聯絡吧。我們來幫小心準備禮物吧！』

池積極表明贊成意見，相對山內的反應就很不起勁。

『說是這麼說啦，但我又沒錢……雖然到下個月應該就會有很多錢匯進來。』

對，Ｄ班學生們基本上都沒錢。上次特別考試上我們取得了一定的成績，部分學生被保障了高額的個人點數，但匯款日很哀傷的是九月一日。

我自己花掉的點數也很龐大，餘額幾乎所剩無幾。

換言之，暑假期間我們就是必須以現在的貧困生活來熬過去。

這麼一來，我們就勢必會變得沒有餘力把資源分給某人的生日。

是說作為大前提，這些男人是打算各自準備生日禮物嗎？

感情好的對象就另當別論，但我朋友之中可沒有男生和井之頭關係要好。

就算是便宜貨，從一大堆人那裡收到禮物，井之頭應該也會招架不住。

『男生互相出點數買一份禮物就好了吧？這樣就算一人出五百點左右，應該也可以買到不錯的東西。』

我這麼提議。山內也接著回答「若是這樣就可以」。不過他的經濟狀況似乎還是很緊繃。這說不定真的會迫使他過著節儉、窮困潦倒的生活。

八月初支付的點數是八千七百 pr。在日幣上價值也是八千七百圓。

雖然就高中生平均零用錢來想有點不太夠，不過即使如此，只要花錢不超出能力範圍，生活就會有餘力。幸虧這間學校裡吃飯有免費的餐點，而且也不愁飲用水。換句話說，我們只要不浪費錢，就大概可以不花半毛錢地度日。

然而，大部分學生接近月底就會缺錢。這和入學時每個月都支付十萬點時沒任何改變。我想說的就是——人就是有錢就會不小心花光光。

他們三人最後以參與我的提議的形式表示同意，決定改天一起去買禮物。

1

我一面感受熱得讓人發昏的炎熱氣溫，一面擦拭額頭的汗水。

「所以——為什麼最關鍵的小桔梗不在啊！欸！綾小路！」

池見面第一句台詞就是關於櫛田不在場的這件事。真希望你別向我尋求這項說明。堀北和櫛田的行程又不是我管理的。我想這純粹是因為對象若是我，他比較容易宣洩不滿的關係。但我對這種發展也差不多有點厭倦。

「你要不要試著冷靜下來？畢竟櫛田也沒說會同行。就是這麼回事吧。」

「這種理由我能接受嗎！小桔梗不在就沒意義了吧——！」

說得太超過了。我真希望他別否定這場集會。

有別於逕自興高采烈的池他們，櫛田好像約了其他女性朋友出門購物。

「為什麼我就非得跟這群男生去買無聊的生日禮物啊！」

我了解他吶喊的心情，而我也並不想和這群邋遢的男生共同行動。

……就算這麼說，我也還是有點開心。

暑假除了學校上課（考試）之外，我還是第一次和男生們碰面。其他傢伙好像都和朋友去逛了街、看了電影，進行這般理所當然地玩樂。

「為什麼我就非得悲哀地只和三個男生去買生日禮物啊？春樹，接下來就交給你啦。你去挑個會讓小心高興的禮物吧。」

「別開玩笑。是你先提議的吧？那是起頭的人該去買的吧——！」

兩人互相抱怨。我介入對立的池和山內之間。

「哎，要不要稍微冷靜一點？我們三個去買就好了吧？因為須藤那份點數也交給我們了。」

「是這樣沒錯啦——但總覺得沒必要三個人一起去耶。」

「都來這裡了，趕快買一買、趕快回去就好。」

要是解散的話，我會有點寂寞，於是我才會這麼說，試圖圓滿解決。

「在這烈日之下互發牢騷才耗體力且浪費時間吧？」

「啊——真是的，知道了啦。買完再回去吧。啊——好無聊喔。」

我和明顯意興闌珊的兩人相反，反而有些興致勃勃地往店裡走去。

設施中羅列著平時我不會獨自進入的多間店家。我們來到其中尤其女生們會久待的商店。店員是顏值很高的年長系美女。再加上，店內裝潢也清一色都是粉紅色，男人是無法單獨前來這種氣氛的店家。

從娃娃乃至手機吊飾，店裡備齊學業上感覺根本就不需要的東西。他們就是藉此從學生身上搾取個人點數吧。

「算了，點數也是學校支付的東西，所以也並不是損失。」

「你在嘟噥些什麼啊。你也要幫忙想要買什麼喔。」

我以為他們兩個一定都會覺得不自在，不料他們現在又是看美女店員，又是看女客人的，真是喜怒無常。他們剛才明明就那麼不情願，心情轉換得真迅速。

我們接著散隊，各自為挑生日禮物而四處尋找好東西。但我從一開始就沒打算挑什麼禮物了。因為我根本毫無頭緒選什麼會比較好。

「什麼東西會讓她高興呢……我真是完全不懂。」

我是第一次送人生日禮物。因為這是三人一起買，能不能列入「第一次」的範疇內，界線也是有點說不清。總之，我就是沒經驗，加上知識也很淺薄，我想到的就只有「薔薇花束」或「戒指」等等，這種與一般常識相去甚遠的東西。那大概已經不是生日禮物，而是求婚了吧。我還是來找個說得過去而且不會引發意外的東西吧。

我繞了店裡一圈，再回來和山內會合。山內手上有個偏小的白熊娃娃。另一方面，我手上則拿了裝在手機上的外殼。山內看見這東西就皺起了眉頭。

「你啊——別挑手機殼啦。首先，小心她絕對已經裝上了。再說，個人喜好差距也很大，我想她可是會很困擾的喔。」

我受到山內這般指謫。

「……這樣啊，那這個保護貼呢？」

我拿出作為祕密招數而多準備的另一樣東西，結果山內的表情又皺得更誇張了。

「不不不，這才真的不需要。綾小路，你還真是完全沒品味耶。」

「娃娃之類的不是才比較累贅嗎……？」

就算拿到也完全派不上用場，只會白白浪費房裡的空間。

「這確實也許會成為累贅啦，但它可以作為室內裝飾來活用，而且小心也很喜歡這隻白熊，我想她收到會很高興呢。是說，我可不想你這種挑來手機殼或保護貼的男人來對娃娃評頭論足。」

這是為什麼呢？被山內這麼看扁……我真的很大受打擊。

不過，我對山內確實調查完對方喜好這點坦率地感到欽佩。我對井之頭就只有長相和名字勉強對上的認知程度，我明顯感受到作為同學的和睦關係差距。

「那麼寬治呢？」

「誰知道——」

我們兩個在店裡找人，結果發現他站在鑰匙圈櫃台動也不動。

那副模樣出奇地認真，我們於是沒叫住他，而是靜靜地靠了過去。

看來池手上好像拿著以蜜柑圖樣為靈感設計的療癒吉祥物商品。然而，池手上已經握著其他東西，那正巧就是山內所謂白熊圖樣的織品。

「喂，寬治。」

「唔哇！別、別嚇我啦！」

池因為被人在耳邊搭話而嚇了一跳。他慌慌張張的，鑰匙圈差點掉下去。接著不知為何立刻像在藏住那東西似的把它放回陳列架。

「你、你已經決定好了嗎？」

「嗯，我想就決定買這個了呢。白熊毛巾。哈哈哈……」

「我不是在說這個。你為什麼在看鑰匙圈啊？」

「咦？我沒什麼別的用意啊。比起這個，我們也去那邊看看吧。」

山內對這麼說並企圖改變話題的池抱以懷疑眼光。

「欸……我記得喜歡那隻蜜柑療癒吉祥物的應該是篠原，對吧？」

篠原這名字還真是出乎我的意料。我記得她是D班的女生，她在無人島考試上數度與池意見相左。

「是、是這樣喔？不，我是在想小桔梗不知道會覺得怎麼樣。只是這樣而已啦。」

池雖然這麼說，但明顯看得出正在動搖。

「你不會是在意起篠原了吧？」

「啥啊啊啊啊！怎麼可能！那種醜女！我是絕對不可能的！」

與櫛田相比或許是如此，但她也是相當可愛的女孩。

個性上雖然有些強勢之處，不過要說這也是那個女孩子的魅力，那也沒錯。

「真的嗎？總覺得明顯很可疑耶？對吧，綾小路。」

「嗯……這或許不像是池會有的反應呢。」

只要是一定水準之上的女孩子，他明明無論是誰都來者不拒，卻對篠原露骨地表示討厭。在某種意義上，這也能理解成是他開始在意起篠原的證據。

但池好像沒打算承認，而正面表示否認。

「你們可別誤會！聽好，那可是篠原耶？要是跟那種架子大，又不可愛的女人交往，我一定會羞愧得連出門都不敢！那完全就是種妥協嘛！」

「啊──」

我和山內同時注意到某個存在，於是急忙打算改變話題、轉移方向。

「知道了知道了，你已經把意思充分傳達過來。我們來挑小心的生日禮物吧。」

「不，你才不知道。你都不知道我到底覺得篠原有多醜。聽我說吧。說起來那傢伙不僅是臉蛋，就連個性也很醜陋吧！外加身材也很瘦弱。總之就是醜女中的醜女這種感覺啦──」

「就、就說我知道了嘛！別再說了！寬治！因為，那個，你後面──」

「啊？後面？」

拚命激昂訴說自己有多討厭篠原的池緩緩回過頭。

然後，發現站在那裡的──是表情彷彿就快噴出火的篠原，以及她的朋友。當中也有櫛田的身影。要說當然確實也是理所當然吧。為了挑選井之頭的生日禮物而順道來這裡一點也不奇怪。

「池你這種人最好死一死！」

篠原留下一句狠毒話就氣得離開店家。被留在後頭的池似乎無話可回，而愣愣地目送篠原的背影。

「什、什麼嘛，說什麼去死。可惡，明明就是個醜女。對、對吧？」

儘管大受打擊，池卻佯裝平靜，這麼說道。

我們也無法猛烈吐嘈，光是附和他「對啊」就已經竭盡全力。

「喂、喂，你看，綾小路！那個禿子在這裡耶！」

山內打算轉換話題讓氣氛明亮起來，於是突然說出這種話，並用力抓住我的肩膀。我才在想「禿子」在這裡是什麼意思，不過我馬上就理解了。有一名和可愛的店裡很不相稱高大男子，正背對我們盯著陳列架。

那是A班的葛城。他擺著嚴肅萬分的表情在店裡徘徊。

「他是不是要順手牽羊之類的？」

再怎麼說都不可能吧。然而，我卻不禁和躲起來的池他們一起窺視他的模樣。我會忍不住在意他的行動，也是因為他的打扮。

他在這種熱天氣裡還整整齊齊地身穿制服站在那裡。為何要做這種沒意義的事呢？

雖然葛城還是板著臉，但他好像很介意旁人眼光，環顧著四周。

他確實很像打算順手牽羊的人。

我無意之間握緊了口袋中的手機。假如可以逮到偷竊現場，對我們而言，這說不定會成為巨大的武器。

不過——我這麼想著，然後就打消了念頭。

「為什麼我就非得做到這種地步啊？」

「咦？你有說什麼嗎，綾小路？」

「沒什麼。」

不管葛城偷不偷東西，都與我無關。

「喂、喂。光頭好像拿起什麼了耶！」

池和山內簡直就像是便衣警衛。他們的眼睛正閃閃發亮，等待對方犯行。

然而，葛城卻把拿起的薄盒子放回了陳列架。

接著開始拿起其他類似的東西，重複放回去的動作。

這不是在物色要偷什麼，而是在猶豫要買什麼東西吧。池也發現其中差異，用狐疑地表情抬頭看我。

「難不成他在這帶東張西望，是因為不想被人看見自己在買東西之類的？」

GIFT

「大概就是這樣吧。」

這麼想的話，就自然可以接受。

葛城是想買禮物給某人才前來這裡，然後正打算買下禮物。

他會在意周遭是因為不想讓人察覺這件事。

不久，葛城便挑好一個盒子，並且拿著它去結帳。池他們隨即從陰影處跳出，聚集在葛城選的禮物前方。外型如薄盒一般的東西被堆疊了起來。池他們拿起那樣東西，過目背後的商品資訊。

「那是……巧克力吧。」

我猜這是葛城為了送誰而買的禮物。

照理說只是這樣的事，但池他們卻怒氣沖沖，逐漸增強某種情緒似的顫抖了起來。

「那、那個禿子該不會已經交到女朋友了吧！」

「真假！這就是A班的力量嗎！」

看來他們好像因為這種無聊事，而出示熊熊燃燒的忌妒心。

「未必就是這樣吧？也許純粹是給朋友的禮物。」

「這種包裝得很可愛的禮物會用來送朋友嗎！會用來送朋友嗎！不會用來送朋友啦！」

「……也是。」

可愛的小盒子以及包裝上的緞帶，很難想像是要送朋友的東西呢……

起碼我不認為那是針對同性的禮物。這麼一來，那個就是要給關係親密的女孩子的禮物。這麼去想的話，他們會忍不住去聯想並懷疑戀人的存在，或許也是無可厚非。

池他們再度把視線投在正在等待結帳的葛城，並從貨架陰影處進行資訊蒐集。

「請問是生日禮物嗎？」

「對。」

「請問要附上生日卡片嗎？」

「麻煩您了。生日日期是八月二十九日。」

葛城這麼答道。他到底是要送給誰的呢？總之，那商品好像是份生日禮物。聽見這件事的池他們偷偷摸摸說起悄悄話。

「聽見了嗎？二十九日生日的女人是誰啊？」

「不、不知道……今天是二十一日星期天……所以是下下星期一嗎？綾小路，你知道對方是誰嗎？」

「誰知道，我完全沒頭緒耶。」

熟悉女生事情的兩人都不知道，我也不可能想得到。

2

「欸……雖然我每次每次都有講，早就已經放棄抵抗，但你們為什麼要集合在我房間啊。」

晚上，各自吃完晚餐之後，不知為何平時的成員都聚到了我的房間。

池和山內是作為固定班底同席，而那裡也摻雜著櫛田，以及結束社團活動的須藤。

要是堀北也到齊的話就完美了呢。

「小桔梗對其他人的生日等等，都有所掌握嗎？」

「嗯，問到的我全都有記下來，所以大致上知道喲。你想知道誰的？」

「這個嘛，雖然這或許不是D班的人。」

「呃——假如是高年級生，老實說我幾乎都不知道，但如果是一年級學生，或許我會知道喲。」

關於這部分，櫛田真不愧精通處世之道。她為了不忘記，好像都有確實記錄下來。

「那麼，我希望妳告訴我，這個月二十九日生日的女孩子有誰？」

「二十九日生日的女生？等一下喲。」

櫛田拿出手機，叫出感覺是生日清單的東西。

之後滑了一下畫面查詢，不久便抬起了臉。

「抱歉，就我認識的人之中好像沒半個人是耶。」

「我想大概是A班的女生。」

「A班？嗯——我已經問了所有人的生日了呢。」

即使如此她好像也想不到那天生日的女生。

「若是一年級的女生，我自認全部都知道呢，但我還是想不到耶。」

不在櫛田壓倒性的情報網裡，或許也就表示他送禮的對象學年不同。就連櫛田好像也都不清楚，這麼一來，我們於是便無法獲得期望的答案。

「所以說，對方是高年級生的可能性應該很高。」

「那就束手無策了。」池說完就高舉雙手，往後倒了下去。

「那個二十九日生日的人怎麼了嗎？」

對於櫛田這單純的疑問，池算準時機，說出別有意涵的發言。

「妳聽我說～妳知道A班有個叫葛城的禿頭吧——？」

「嗯，因為葛城同學統合著班上所有同學，而且也很有名氣。我上次考試也是和他同組呢。」

「那個禿頭啊，二十九日打算送某人生日禮物耶。明明就是個禿頭。」

他反覆使用好幾次這個「禿頭」關鍵字。櫛田稍微勸戒了池——

「葛城同學從小就有頭部全禿症這種疾病。你不可以嘲笑他喲。」

「唔……」

輕浮的池被櫛田正面拋出正論，而畏縮地陷入沉默。確實年紀輕輕就沒頭髮，假如排除時髦要素，就幾乎會是疾病的關係。

嘲笑病患是件可恥的事。池自己應該也很清楚這點。因為這會連結至笑料，所以他才滿不在乎地隨便多次使用，卻反而不小心降低了好感度。

「好嗎？你今後要好好稱呼對方名字喲。」

「當、當然。抱歉，小桔梗。不小心造成了妳的不愉快。」

「沒事，只要你能了解就好嘍。假如你今後可以改過來，我會覺得很開心喲。」

這個話題暫時告一段落之後，櫛田好像還是有件事想說，所以沒隔多久就提了出來。

「然後關於今天篠原同學的事——」

「唔……」

這對池來說是件他很想忘掉的事，然而那是櫛田所提出的，他也無法阻止。

「就算我不說，你也明白，對吧？」

她故意不觸及內容，僅如此溫柔說道。

「……我會去道歉。」

「嗯，這麼一來我想篠原同學也會願意原諒你。」

儘管很不情願，但好像是因為在櫛田面前的緣故，池還是老實地做了回答。池無言地瞪著嘿嘿笑著的山內。多虧了櫛田，不管怎麼說，池今天說不定也會稍有成長。

「所以說，剛才是葛城同學要給誰生日禮物的話題，對吧。」

「對對對，小桔梗，妳有想到什麼嗎？」

櫛田好像在腦中使用自己的網絡搜尋資訊，可是她似乎沒找到什麼，不久便左右搖頭。

「該怎麼說呢？葛城同學沒有那種輕浮的形象。」

「起碼目前還沒有。」她補充。

「如果是高年級生就有可能了吧？」

「是呀，光就我不知道這點，我想這相當有可能喲。」

要是入學眨眼間就和高年級生來往，或者變得會送生日禮物的那種關係，那還真是厲害。我坦率地對A班領袖感到佩服。

然而，在這階段鎖定高年級生也沒問題嗎？雖然好像也有必要從其他觀點來看，但場面已經充滿著打算尋找女朋友的氛圍。

「既然這樣，就算是爭這口氣，我們也來查明葛城的女友身分吧！」

雖然這樣在他興致高漲之際會很抱歉，但我應該在此指出也有其他可能性。

「輕易斷言就是高年級女生，這樣好嗎？」

「小桔梗說沒有女生是在二十九日生日，除此之外就別的了吧。還是說，是那個呢？他該不會就是在和堀北交往？」

池的發言雖然沒根據，但就可能性來說也無法徹底排除呢。

「哎，這個的話應該有可能……」

「啥？你可別開玩笑喔！」

默默聽我們說話的須藤揪起池的衣襟，一面怒視著我。

「呃！就說只是假設嘛！」

「喂，綾小路。鈴音的生日是什麼時候啊？」

「不知道。」

「什麼嘛，真沒用耶。」

就算你這麼對我說，但我怎麼可能會知道堀北幾時生日。

「一般來想，我想這間學校不會有人知道堀北的生日。」

唯一知道的大概只有既身為學生會長，同時也身為她哥哥的堀北學。

「這樣啊，說得也是。我或綾小路都不知道，那傢伙又怎麼可能會知道。」

「我知道喲。堀北同學的生日是二月十五日，我認為她和這次事情完全沒關係呢。」

「……真是名不虛傳耶，櫛田。」

我不禁佩服地如此說道。沒想到她連堀北的生日都知道。我還以為就算是櫛田，也不會掌握像是堀北或伊吹這種不尋常人物的個人資訊。尤其是關於堀北。雖然除了我和當事人之外誰也不知道，不過櫛田很討厭堀北，而堀北也討厭著櫛田。我不認為她們之間是那種會告訴對方生日的關係。即使是從第三者那裡聽說，堀北通常也不會和一般人說話。正因如此我才不禁感到欽佩。

「二月十五日啊。真是問到了一件好事耶。」

須藤輕輕一笑。被須藤用手臂架住脖子而臉色發青的池拍打了他。

「哦——抱歉，我忘了。」

「呼——呼——健，你力氣那麼大，小心點啦！」

「那是因為你講了容易讓人混淆的話吧。」

「那你去對綾小路做啊！為什麼只針對我啊！」

「因為你離我最近。」

「你這個單細胞！」

「啊？」

池急忙與打算再度抓住他衣襟而伸出手的須藤保持距離。我真希望他們別在別人房裡大聲踏步胡鬧。近期大概會有人來抱怨吧。

「我們離題了。我想說的有點不一樣。我要說的是其他人也有可能成為候選。凡舉老師到櫸樹購物中心的店員都有可能。而且今天看見的店員也是美女，對吧？」

「原、原來如此。經你這麼一說，這種事好像也有可能。」

當然，那種年長女性是否會搭理高一學生就另當別論，不過這在規則或道德上很可能會成為重大問題，所以幾乎沒有情侶誕生的形象。葛城應該也理解這點吧。然而，這作為可能性，要排除還太早。

總之，現在不得不注意的是——別擅自斷定對方就是高年級學生。

重要的是，我希望他們了解鎖定對象是很困難的，放著不管才最好。

「你們要不要放棄擅自一頭熱去尋找葛城的對象啊？」

「就算那禿子擁有年長而且充滿包容力的巨乳女友！你也無所謂嗎！」

假如她有那種理想的女友，我也不會湧出彷彿要詛咒對方死的情感。

「畢竟如果是A班，即使受歡迎也不會不可思議呢。」

另一方面，我們則是D班。如果只是長相、個性稍微不錯，是不會受異性歡迎的。

……好像也不是這樣。

像平田那種人，不僅是同年級學生，連在高年級學生之間似乎也很有人氣。而且我之前也看見高圓寺獲得了高年級的一定支持。

結果，我或池他們應該都有不受歡迎的某種共通特質。

「只有被那傢伙超越，我絕對不願意！」

「就算這樣我們也無能為力吧。」

「沒那回事。即使對方是自己可能贏不了的對手，也不代表我們就沒勝算。」

須藤用力拍了拍從短褲露出的那雙鍛練過的大腿。

「籃球只要是為了勝利，甚至也會做出快犯規的動作。不，若是為了贏，依照需求不同，或許就連犯規都會去做呢。我們對勝利的執著就是這麼強烈，而且這點也很重要。假如他有可能藉由送禮與女人拉近距離，我們只要阻止這件事就好。」

他實在很強硬。然而，這如果是比賽，須藤的想法就是個完美回答，我也會那麼做。不過，這次不是出於正經理由，而是出自個人的嫉妒心。這可不是值得稱讚的行為呢。

話雖如此，須藤好像不同於以往，看起來鼓足了滿滿的幹勁。

「話說回來，大賽就快到了吧？」

山內好像也察覺到這點，看著須藤這麼說。

「嗯，星期四開始。雖然我不知道自己會不會上場，但我們準備得很萬全，任何人都能出場。」

須藤把右拳擊向張開手指的左手，表現自己狀態萬全。

「好耶，就是這個了！我要妨礙他！」

面對須藤胡來的想法，池也順勢決定要執行。

「櫛田，妳和他們說點什麼吧。」

「你不可以妨礙他們喲，寬治同學。」

「咦咦，怎麼這樣……小桔梗，妳應該也很在意葛城的對象是誰吧——？」

「雖然我也很在意送禮對象，可是妨礙他們可是不行的喲。」

池好不容易才因為要去妨礙而正在興頭上，卻被潑了冷水，所以心裡好像很不滿。

「就是這麼回事。」

不知道池是因為不滿我利用櫛田制止了他的妨礙活動，還是因為無法忘懷與篠原的那件事，他於是對我說出了這番話：

「那麼，綾小路。就由你去查明真面目吧，查明葛城送禮的對象是誰。」

「我沒辦法。」

「就算沒辦法，你也要去做。反正你很閒吧？」

只有這點我無法否認……可是他這麼在意的話，我還真希望他自己去調查。

「什麼查明。我們既不同班，而且也不是朋友。」

要調查就連聯絡方式、房號、下面名字都不清楚的對象是很累人的。

「我知道葛城同學的聯絡方式喲，我告訴你吧？」

「…………」

對……現在在我身旁的，是全學年交友關係最廣泛，並且掌握堀北生日的美少女。就算她知道葛城的聯絡方式也不奇怪。

「妳是怎麼知道他聯絡方式的啊？」

「是在上次特別考試同組的時候。所以我就請他告訴我了。」

原來如此。在那種場面下，她也能確實交換聯絡方式，還真是厲害。

「那我就告訴你嘍。」

「不，不用。要是我突然去聯絡，葛城也會嚇一跳吧。」

如果是陌生號碼來電，就算被他無視也很有可能。

「你阻止了我們的妨礙計畫，所以給我負起責任。」

「就算你要我負起責任……」

「我也很在意，你就去調查吧。」

須藤自以為了不起似的強勢命令。

「你不會想自己去調查嗎？」
「啊？我到星期四的大賽為止都沒空啦，我可是只剩下幾天能練習耶！」
他把社團活動作為正當理由如此主張。我沉默不作回答，他便瞪了過來。
「你要我靠暴力來讓你聽話嗎？」
須藤大幅度轉動手臂。根據情況不同，他似乎打算對我使出頭蓋骨固定技。在這團體中發言權最低的我，要是成為眾矢之的就逃不掉了。
「……知道了。明天我會試著稍微監視他。不過別對我抱著過度的期待，我不知道之後會變得怎麼樣。」
總之，這場面就先讓我這麼應付過去吧。
接著只要改天隨便調查，再報告沒辦法完成任務，事情就會就此結束。

3

「好熱……熱死了……」
隔天，我為了偷看葛城的外出時機，而待在林蔭大道上。這裡是通往各學年宿舍的岔路，因此如果要和高年級學生接觸，這就會是條不可避免的道路。

加上通往商家林立的櫸樹購物中心，以及通往學校的道路都在前面，所以我不會漏看葛城打算前往何方。其實在大廳之類的涼快地方等他會比較好，但遺憾的是，那裡已經幾乎被我不認識的一群別班女生當作茶會會場占領。那種感覺就好比明明有想進去的店家，卻因為幾乎沒有空位而猶豫要不要進去。我的心靈沒有成熟到可以坐下勉強空出的座位，並且慢慢休息。

偶爾有穿便服的一群男女學生像要出遊而和睦地經過我身旁。當然，學生們全都是穿著便服。每當看見這畫面，我就會想起葛城昨天穿制服的模樣，進而抱持疑問。暑假沒規定不能穿制服，但制服散熱不易，非常熱。就算是嫌打扮麻煩，穿制服出門也欠缺說服力。假如葛城是穿夏季制服，就還有點理解的餘地，但他不是穿夏季制服，而是好好地穿起長袖。另外，這是我最近發現的事——我發現制服中有好幾種變化。雖然對經常點數不夠的我來說，這情況與我無關，但我最近得知夏季制服也作為高額商品來販售。儘管班上女生們都很期盼有天要買下，但她們好像都還在持續忍耐中。通常我們外出就是穿便服，而這種情況下刻意穿制服的理由是……

在我想著這種事情的期間，就莫名吸引了同種類的人。昨天的葛城也是這樣子，喜歡穿制服的人好像還真不少。

一男一女從高年級學生居住的宿舍走了過來。他們一看見我，就改變前進方向，靠了過來。

「好久不見。」

「我才在想會在這種熱得要死的天氣裡穿制服的是誰，結果居然是堀北的哥哥啊……」

他們兩人和葛城不同，是身穿夏季制服，但假日的制服外型還是讓我覺得很突兀。

「唔哇，會長。這孩子擺出像是『見到麻煩人物』的表情了喲！」

我只是試著很擺明地做出這種表情，堀北的哥哥隔壁的女學生——三年級的橘書記卻誇大其詞地如此說道。話雖如此，女孩子的制服為什麼會這樣子呢？它和男生制服不同，完全沒有悶熱感。如果女生制服有如此的清涼感，就沒什麼好挑剔的了。

「現在明明是暑假，學生會卻好像很忙碌呢。」

連橘書記手上都抱著像是筆記本的東西。

感覺會讓人瞬間誤會第二學期是不是已經開始了。

「這是因為我們利用暑假進行學生會辦公室的改裝施工。」

橘書記彷彿認為不必勞煩學生會長似的如此說明。

「這樣啊。那就先這樣。」

「唔哇，明明你是自己問的，反應還真冷淡。是說你呀，最好稍微多注意自己的發言喲。你知道這名人物是誰嗎？他可是這所學校的學生會長喲！」

這我知道。我也知道他大概是握有極大權力的人物。

一開始我想過應該對他抱持尊敬的心情，或說是使用敬語，但我卻不知為何作罷了。堀北的哥哥好像也不期待我使用敬語，於是我就決定不和他客套。話說回來，橘書記和我所想的印象很不一樣。我以為她會是更正經八百的人，但其實相當隨和。

「妳要像學校那樣對我科處罰金嗎？很不巧，我的點數已經見底了。」

我對橘書記說的話聳聳肩，如此答道。我原以為堀北的哥哥不會理我這種人，結果別說是離開，他甚至還瞇起眼睛，說出了很胡來的話。

「綾小路，你接下來如果沒有安排的話，我希望你能陪我一下。」

「會、會長？」

橘書記很驚訝學生會長來約我，而我也很驚訝，不過——

「我的行程已經排滿了，抱歉。」

「咦咦！拒絕！」

她對我回絕學生會長的提議感到震驚不已。

「那你何時有空？要我配合你也無妨，約在開學之後也沒關係。」

看來堀北的哥哥無意讓步。

問題要是拖延，大致上都不會發展成結果。再說如果改天再談，我的時間也有可能會被他占滿。若是這樣，那現在談才比較妥當。

「那麼，就現在談吧。距離下個行程也還有點時間。」

「你剛才明明就說行程都滿了！」

我完全無視橘書記的這般吐嘈。

「你現在打算去哪裡？配合你的安排也沒關係。」

「啊——……我在等人。如果可以的話，我不想從這裡移開。」

「但是這裡很熱喲，不適合和人碰面。」

「這點我非常清楚。」

即使天氣很熱，我也忠誠地做出猶如處罰遊戲般的事，這非常了不起——我在自吹自擂。

「偶爾站著說話也不錯。如果妳覺得難受，先回宿舍也沒關係。」

「不！我的直覺告訴我不想讓您和這孩子獨處！」

橘書記這麼和學生會長行禮，就宛如保鑣似的纏著他。

「學生會收到了結果報告。無人島和船上的考試，辛不辛苦？」

「學生會還真有權力耶，居然能讓學校告訴你們結果。」

「雖然說是結果，但校方並不會連詳情都讓我們知道。個人的活躍程度都不清楚。」

「那就好。」

「真是太好了呢——不及格的情況沒給學生會長知道。」

橘書記頻頻對我口出惡言。我好像不知不覺間受到了她的敵視。我對學生會長使用對等語氣說話，這好像也難怪。

「然而，消息這種東西常會不脛而走。我已經知道你在無人島上欺騙別班，並在遊輪上在分發到的兔組裡讓D班優待者逃脫的事情。」

雖然他說不清楚，但消息好像已經徹底走漏。我真懷疑其中有勾結。

「還有，堀北鈴音這名字在無人島考試結束之後變得赫赫有名。據說她成為班級中心，並欺騙了其他班級，不過我認為真正和那件事情有瓜葛的人是你。」

堀北的哥哥似乎有絕對的把握，冷靜地如此嘟噥道。

「你完全高估我了。」

「最後領導者的名字好像變成了你。這點你要如何說明。」

「……你連這點都掌握了啊。」

「知道這件事情的，就只有我和特別考試委員，以及剛才在場聽見的橘書記。這是連班上老師都不知情的資訊，放心吧。」

這完全不是能夠放下心的事。這個男人到底握有多少權力啊？一般學校的學生會應該根本就是沒權力的裝飾品吧。但他們的權力卻大於教師，這是怎麼回事？

「學生會到底是什麼東西啊？」

「學生會本身沒有任何力量，那是取決於就任於那邊的人的能力。」

「不愧是學生會長的發言。雖然之前我也曾經聽說，但你真的是A班學生對吧？」

我本來覺得這不需要再次確認，但我還是藉此機會，試著再問了一遍。

「這不是當然的嗎！這是理所當然的！」

「不過我有點難以理解耶。我和堀北之間差距多大啊？不如說光看數據，那傢伙也遠比我優秀。我不懂你把我這種D班的人放在心上的理由。」

「你誤會了一點。我不認為D班的人很愚蠢。因為這所學校並非只是按照能力優秀者來依序從A班開始分班的呢。」

「那個，會長……雖然我想是我多嘴，但您會不會透漏太多了呢？」

「沒問題。如果是這名男人，他當然已經理解了這點。」

他打算繼續抬舉我到什麼地步啊。

自從那次異常的初次見面後，這位學生會長大人好像就對我特別執著。

「既然這樣，那你否定堀北的理由是？正是因為她隸屬D班吧？」

「環境就先不說，但既然她是我妹，我當然了解她一切能力。那傢伙是理所當然會變成D班的吊車尾。不在那之上，也不在那之下。」

這男人對自己的妹妹真是以極度嚴格的標準在說話耶。

「那全都是堀北的提議。你妹妹的朋友就只有我，我才會被她委託必要的工作。」

「不對，那不是那傢伙會想到的點子。」

不知是不是因為他們長年作為兄妹待在一起，他似乎完美掌握了堀北本人的想法。話雖如此，但我終於可以理解了。這男人盯上我的理由之一，應該就和茶柱老師一樣。

假如他看穿我在入學考試考出全科五十分這個消遣的本質為何，就算他發現我的履歷和內申報告（註：指日本升學選拔時，向志願學校提出的參考資料）之間的差異也不奇怪。

「別像跟蹤狂一樣到處調查我的個人資訊，我想過安穩的校園生活。」

我如此訴說，但學生會長卻推了推眼鏡，再次說出超乎常軌的話。

「雖然之前我也問過，不過你要不要加入學生會？」

橘書記睜大雙眼，非常慌張。這似乎是個相當驚人的發言。

「學生會還真是從容不迫耶。空缺還沒補上啊？」

「會、會長？學生會上次不是才錄取一名一年級女生嗎？不是就這樣結束了嗎？我們也新採用了二年級學生，職缺全都滿了喲！」

看起來是這樣喔——我用眼神如此示意，這名男人卻說出出乎意料的發言。

「應該還有一個空缺吧。」

「還有一個是指……難、難不成！」

「綾小路。如果你希望，我可以利用我的權限讓你擔任副會長。」

「欸、欸欸？」

橘書記突然精力充沛地往後退一步。真是個看著就覺得有趣的人呢。

「這可是前所未聞！一年級……而且還是D班……這種沒禮貌的男生居然突然間要當副會長！」

「我說過好幾次了，我拒絕。」

「居然還一副無須多言般地回絕！」

話雖如此但還真奇怪。我不覺得他是在說笑，但他對我的評價和對待都很不尋常。堀北的哥哥確實擁有某程度上的資訊。若和池或山內（雖對他們很抱歉）相較的話，我也不是不能理解他選擇我的理由。然而，以葛城或一之瀨為首，像是平田以及光就能力值來說相當高的高圓寺——一年級裡存在許多擁有巨大潛能的學生。這應該完全不成硬要選擇我的理由。

也就是說有什麼非我不可的理由嗎？

「這或許不是身為學生會長的我該說的話，可是明年起這所學校應該會有巨大變化，還會是朝著我不希望的方向。為了守護到時的秩序，我現在必須事先製造可以與其抗衡的勢力。雖然現在甚至已經太遲了，但我日益感受到其必要性之大。」

「會長，那是指南雲同學如果當上學生會長的事情，對吧……？我不認為他會把學校弄得一團亂……」

我不曾在一年級裡聽過南雲這名字。明年開始會改變，也就代表他是二年級學生吧。

「學生會中通常可以設兩名副會長。雖然往年都是一人擔任，但若想硬擠進去應該也不是沒辦法。」

「不、不不不，會長，這沒辦法喲……南雲同學不可能會允許。」

「我是不知道什麼副會長還是什麼南雲的，但我可不幹。不管待遇會有多好都一樣。你之後會畢業、離開這間學校，事情就僅止如此吧。你不必擔心剩下的學生。還是說——」

我刻意停頓，替下一句話帶來分量。

「我擔心妹妹，所以幫忙我吧——如果你這麼說，事情或許就會有商量餘地了呢。」

「……這樣啊。」

既然我都說出這句話，這個男人應該也無法再強求我了吧。事實上，他好像也徹底放棄，沒有繼續提及關於學生會的事情。

「抱歉，占用了你的時間。我的事情就只有這些。不過，今後你隨時都可以來訪學生會，我會請你喝杯茶。」

這男人在學校裡構築了鞏固的地位，他也會有不安的要素呀。

我一面著感受這般意外之處，一面回去——不，我無法回去。這明明就是打道回府的絕佳時機，我竟然不得不等葛城。

4

情況開始好轉，是在與堀北哥哥對話之後，經過大約三十分鐘時的事情。葛城打扮得和昨天一模一樣，慢慢往這邊走過來。我在離道路有些距離之處窺伺狀況，結果看見他手上拿著昨天買來的購物袋。

「這是怎麼回事……？」

距離二十九日還有一些時間，通常應該會先把禮物保管在房間裡。不過，帶著禮物走也就表示他打算立刻送出嗎？而且一身制服裝扮也很令人在意。這作為正式服裝來說是可以理解的，但老實說我不太想看見他在大熱天用那身裝扮送禮的畫面。

我屏住氣息，確認葛城走向何方，接著便來到了岔路。葛城沒有往通向高年級學生宿舍的道路前進，而是走向了那條我沒料到的路。

那條路的前方是正值暑假期間的學校。我尾隨在後，不讓他發現。

「原來穿制服是因為這樣——」

他不是喜歡才穿，而是為了進去學校。我懂了。

葛城迅速從正面玄關進到校舍內。

但這麼一來，我便無法追在葛城身後。

既然禁止穿便服進入，那我也無法進去了。

『你見到葛城了沒！』

我的手機一震，畫面顯示出感覺是從自己房裡送出的悠哉訊息。

我故意未讀並收起手機，接著改變攻略方向，前往昨天那家位在櫸樹購物中心、我們挑選禮物的店家。因為我很在意其他店裡販賣著怎樣的禮物，於是便隨意進了女生好像會喜歡的店家。不過就算和其他店家相比，我也不太懂其中差異。結果，我還是折回了昨天葛城買生日禮物的那家店，並來到堆放裝有巧克力的小薄盒之處。不只是高年級學生，我也把他是要送男生的可能性納入了考慮範圍。不過就我重新一看的結果，可能性似乎不高。因為盒子有加上愛心符號等女生用的裝飾。

「哇哈哈，就是說呀——」

店裡開始嘈雜起來，女學生經過我身後。

此時，我的背後突然受到輕輕的撞擊。

「噢。」

我的手肘輕輕碰到堆放起來的商品，堆積如山的巧克力於是就啪啦啪啦地如雪崩般倒塌。聊得忘我的那個女生連這裡的慘劇都沒發現，就一面聊天一面離去了。

「真是的……」

我有自己存在感很低的自覺，但真希望她可以小心一點。

「你在做什麼？」

「呃……」

當我正拚命擺回堆疊起的商品時，身後有名高大的男人向我攀談。那是應該已經去了學校的葛城。他俯視著我，好像覺得很不可思議。

「我是……來買生日禮物的。」

我對於突如其來的邂逅，也只能這麼回答。葛城看了一眼散亂的禮物盒，就彎下巨大的身軀，撿起了禮物。

「啊，不用。我自己撿就好。」

「別介意。萬一被其他客人看見，也會造成別人不愉快吧。最好趕快收拾。兩個人總比一個人好。」

他這麼說完，就毫無不願之色地提議幫我。雖然說我也去了其他店家，但總共才花三十分鐘左右。他在這段期間就辦完學校的事情了嗎？可是葛城手上還握有這家店的商品袋。我偷偷探頭看了裡面，映入眼簾的是包裝成送禮用途的薄盒子。他好像還沒送出去。

「這樣就可以了吧。」

我們兩人著手收拾，轉眼間就整理完畢。幸好沒被店員或者客人看見。

「真是幫了大忙。」

我想葛城基本上算是好人。他莫名會做出一些表示善意的舉止，像在無人島考試上，他也替我們班監視我們發現的玉蜀黍。當然，若是班級對決，他應該就會毫不留情吧，可是他的人格絕對不差。

「是要送女朋友的禮物嗎？」

「咦？不，不是女朋友，是同學。我決定下次再買。」

我的目的其實並不是要買禮物，所以我便這麼說，並與櫥窗保持了一段距離。葛城也配合我似的跟了過來，我於是決定試著摻入閒聊、引出消息。

「你也是來買生日禮物的嗎？」

「嗯？你為什麼這麼想？」

「因為你手上拿著這間店的袋子，而且也和我在同個櫥窗。」

「原來如此。確實，這應該不是什麼需要思考的事情。」

葛城好像對此認同，於是點點頭，看向我的雙眼。

「我因為找不到想要的禮物，正在傷腦筋。你買了什麼啊？」

「只是點小東西，剛好就是你弄倒的巧克力。這間店賣的商品不錯，但我想人的喜好百百種，你可以到別家店四處看一看。」

他沒回答要送給誰，而我也問不出口。之後我們就這麼離開了店家。

「你為什麼要穿制服啊？」

我當然無法提及昨天的事。不過，葛城這兩天都連續穿制服行動。問這件事應該很自然。

「進學校必須穿制服，所以這沒辦法。」

「所以你去了學校？」

我有看見他的蹤影，當然很清楚他順道去了學校。

接著就是問出他要送誰。但葛城手上還握著東西。

我本來在想，假如這樣就可以得到消息就好了，但是很遺憾，情況好像並非如此。

「嗯，我有點私事。」

葛城沒有說得很深入，但他好像有什麼想法，於是往學校方向看了一眼。

「你有想過嗎？關於待在這所學校的缺點。」

「缺點？」

「對。那缺點還不是班級差異，而是會平等落到在校生身上的事。」

我因為這文字猜謎般的詢問而苦惱了一會兒。假設答案就是班級差異，當然按照個案不同，大家都會有傷腦筋的事情。別班應該也會像D班這樣，一時因為點數不足而煩惱吧。可是，我很難想像A班也會變成那種情況。

就算從「平等落到在校生身上」這句話來看也可以否定這點。那麼一來，答案究竟會是什麼呢？

儘管我認真摸索答案，也沒有聯想到什麼。

「你不知道啊。雖然當然是因人而異，不過答案是『無法與外界取得聯絡』。」

「啊，原來如此啊。」

對我自己而言，這不是缺點，而是個優點，所以我連想都沒想過。不過一般來想，這或許確實是個缺點。

「你不會想和父母或兄弟姊妹取得聯絡嗎？」

「不知道耶。不過先別說我，總覺得有相當多學生都會說一樣的話呢。」

尤其很多女生都說會覺得寂寞。然而，這間學校對於消息外洩很嚴格，不允許一切聯絡。要是貿然打破規範，可不只是勸誡就可以了事。

「但我們受到的恩惠也很大，應該也不至於會表現出不滿吧？」

「的確呢。點數制度和設施的充足程度，都是一般學生無法享受的優點。」

再加上，我們甚至可以得到在A班畢業的那些好處。

話說，為什麼我會自然而然和葛城對話起來呢？而且還是在我無所事事的暑假裡。

「你就是和堀北很要好的那個學生吧。」

「那種謠言已經傳開了嗎？」

「謠言？我記得遇見你的時候，你也是和她一起行動呢。」

「該說這就是常有的孽緣嗎？我們是因為坐隔壁才變得會聊天。」

我想就學校裡發生的事來說，這絕不是什麼稀奇事，葛城似乎也因為情況容易想像，因而點了點頭。

「原來是這麼回事啊。關於別班，我其實意外地有許多事都是似懂非懂。如果讓你感到不舒服，還請你見諒。我沒什麼別的用意。」

「我最近經常被人這麼問，所以沒關係，畢竟堀北好像相當活躍呢。」

「是啊。」

他簡潔地同意，沒打算延續話題。

「說實話，這間店是我逛的第三家。我的個性是一旦開始煩惱就會陷入沉思。雖然說只是一份禮物，但想到收禮對象的心情，我就無法立刻下決定。」

他所謂煩惱要送什麼的對象，究竟會是誰呢？我就稍微刺探看看吧。

「雖然這麼說有點失禮，但你這樣還真是一板一眼耶。而且你居然會買生日禮物給別人。」

「你覺得我替人慶生很奇怪嗎？」

至少只要他是個光頭巨漢，就會產生出突兀感。那當然完全是偏見，而且世上也是有那種會在雨天的高架橋下拯救貓咪的不良少年。

「我就直接問了，你是打算送誰啊？」

我直接殺進本營。就算用拐彎抹角的問法也不會有進展。

「送給誰嗎？」

他本人對這問題好像也有複雜的苦衷，而露出不知所措的神情。

「這是私事，不能夠告訴你。」

我想這也沒辦法，但我還是被他給避開了話題。既然他這麼回答，就我的立場來說也無法繼續追問。如果我是他獨一無二的摯友，就另當別論了呢。

「我先在此告辭。」

葛城留下一句話，就先回宿舍了。雖然解開穿制服的謎，但又產生了更多謎團。

他為何去了學校？又為何再度出現在店裡？我無法看清答案。

5

「喂，池。我調查完葛城那件事了。」

「真的假的。不錯嘛，綾小路！我真是對你刮目相看！」

池這麼說完，就拍拍我肩膀，誇讚了我。

我有做出池不得不對我刮目相看的事情嗎？池心裡對我的評價好像相當低。雖然我對此有些疑問，但還是向他報告了情況。

「很遺憾，我無法確認對方是誰。」

其實並不是那樣。因為正確來說，我是找不到那個條件符合的女生。那是我再怎麼調查都找不到的人物。葛城想送禮的對象根本就沒出現。

同年級之中沒有同一天生日的人物。但是，我們也想不到是其他學年裡的哪個學生。

這麼一來，可能的人選會不會其實是在完全不同的地方呢？

山內驚訝地抬起臉。

「糟糕，池……我知道了。我知道葛城是在為誰準備禮物。」

與其說是喜悅、快樂，山內反倒露出充滿哀愁的神情，並像是頓悟似的說起話來。

「欸，寬治。你不覺得國中的時候，情人節簡直就像是一場地獄嗎？」

「你、你怎麼突然這麼說。這個嘛，哎，是很難受啦。這又怎麼了？」

「該說主要就是他正處在那種情況的延續之中嗎……我在想那傢伙會不會是為自己才買禮物。」

「不會吧——不、不對，這應該有可能，我也不認為那個禿子會受歡迎……」

他們在某些我難以理解的話題上互相予以認同。

然而，這是我完全沒想像過的發展，我的腦中因此浮出疑問。

「也就是說，他是在幫自己買生日買禮物？」

「除此之外還有其他可能嗎，綾小路？」

他生氣地瞪了過來。

什麼除此之外，一般會有人替自己準備生日禮物嗎？

當然，我在某程度上是抱著「那是給自己的犒賞」這般想像。像是吃好吃的食物，或買很想要的東西。然而，這次應該不符合這些例子吧。他都特地綁成女孩子會高興的外形，甚至還包裝了起來，內容物又是巧克力。

如果特別嗜甜，應該可以用其他形式買到更好的東西。

「你真的不懂喔？」

「……很遺憾。」

「不管誰怎麼看，葛城的長相都不會受女生歡迎吧？不過，他好歹也是A班的領袖。」

關於那部分，我真希望他可以節制自己的評論。

「換句話說，他的自尊心很高。他應該會想讓周遭認為自己很受歡迎。換言之，他是在自導自演。」

「與其說是自己買給自己，不如說他是為了假裝從某個人那邊得到才買。」

池和山內好像認為他們得出的結論沒錯，而對彼此頻頻點頭。

「我國中時也做過喔。像是假裝自己從學校最可愛的女生那裡拿到禮物。」

「雖然這樣問好像有點怪怪的，但你不覺得空虛嗎？」

「當然空虛啊。但比起得不到的絕望感，這還算是比較有救一點！」

我惹他生氣了。對池來說，情人節或者生日似乎就是這麼重要的活動。

「是說，春樹。你和我都是同類，對吧？」

「啥？不，才不一樣。我可是很受女孩子歡迎的！」

「騙人。那你是怎麼得到那種結論的？那是因為你認為他和你自己一樣吧？」

「才不是這樣。因為我國中時也有像寬治你這種不受歡迎的人。我只是知道而已。」

他看起來顯然是在虛張聲勢，但我既無從確認，也沒打算去做確認。

「但那是猜測吧？」

「不，這不會有錯！絕對只有那種可能！」

他們得出的答案似乎已經不容置疑。兩人都沒打算再討論下去。

「欸，春樹。我們是不是誤會那個禿子……葛城了呢？」

「是啊，因為他是A班我們才擅自仇視他，但該說我突然覺得他其實和我們很親近嗎？」

「也就是說，你果然也是替自己準備過禮物的不受歡迎者，對吧？」

「才不是。我只是想起我的同學年的同學而憐憫他而已。」

山內即使面對池的吐嘈也頑強否認。

「我來幫忙他一下好了。」

池突然間說出這種話。

「所謂幫忙是指什麼啊？」

「我要來幫他準備生日禮物。」

池仇視葛城的狀況好像為之一變。他轉而對葛城懷有同情心。

「我知道讓女孩子來慶祝是最好的，但是這沒辦法。那麼對他來講，至少有其他人送他生日禮物，就會是個心靈慰藉了吧？」

我隱約覺得這項理論有那裡不太對勁，但也很難全盤否定，說這是錯誤的。

比起自己為了欺騙自己而買，通常我們應該會更想從別人那裡收到生日祝福。

不過該注意的是，同情心其實意外的是種棘手且麻煩的東西。

假如葛城真的是為了自己才準備禮物，讓知情這點的池他們慶祝，葛城會將此當作是好事嗎？不如說還比較有可能讓他氣得說出「別同情我」。他們開始商量起要買什麼東西給他。我則是再次對這項結論感到疑問。

確實沒有女生是八月二十九日生日。然而，我沒有徹底排除所有可能性。學校的教師、相關人員，以及這片用地裡的眾多工作人員——假如擴大女性的範疇，就還有許多候選人物。

再說，如果那是買給自己的禮物，他會那樣光明正大地購買嗎？而且葛城的打扮是暑假中罕見的制服，應該會顯眼得不得了吧。

我很容易想像得到他讓人看見並且遭受懷疑。通常若這樣，是不會穿制服行動的。

「綾小路，你也要出一些點數喔。三個人湊一千五左右，就可以買到什麼好東西了吧。」

這種對話內容他昨天也和我說過……

換句話說，支出也會加倍。一千點的花費可不少。

「所以說，綾小路。雖然時間有點提早，但我們還是來替葛城慶生吧。」

他們好像已經完全變得興致勃勃，打算要去買送葛城的禮物。

「你們當真要買啊？」

「當然要買啊。作為不受歡迎男人的一分子，難道你就不想幫助他嗎？」

哎，真是。事情越來越麻煩了，我就先不否認吧。我們決定明天集合，所以就結束討論，而今天也就此解散。

6

隔天下午再次集合，結果那裡也出現了櫛田的身影。

「午安呀，綾小路同學。」

「喔、喔喔，午安。」

「妳為什麼會在這裡啊？」池下句話解決了我這樣的疑惑。

「哎呀——那是因為呀，昨天我和小桔梗商量了呢。我說要送葛城禮物，小桔梗就說她無論如何都想幫忙，所以我就拜託她了呢。你看，畢竟就葛城立場來說，比起讓男人慶祝，給女孩子慶祝應該才會比較開心吧。」

他滔滔不絕如此假惺惺地說道，但主要應該只是想製造機會和櫛田共處吧，甚至還可以讓她以為自己是關心朋友的好人。

「因為就我來說也受過葛城同學的照顧。禮物費用當然也要讓我出一份喲。」

面對這種溫柔體貼，池用融化般的眼神望著櫛田。雖然說山內在追佐倉，但他好像也深感櫛田的魅力，似乎比只有男生時還要開心好幾倍。

「對了，綾小路同學。你為什麼穿著制服呀？」

「我有點事情。」

因為天氣實在太熱，我是脫掉外套才來，但往不好的地方想，制服打扮果然還是很顯眼。

「我們快點去吧！」

他們把櫛田夾在中間，丟下我邁步而出，隨後就開始熱烈閒聊。

每次看見她那無論何時何地跟誰都聊得來的模樣，我都會感到很佩服。

我跟在他們三個人的稍微後方。

接著途中看見很罕見的人物在外面。

「抱歉，你們能先過去嗎？我想順道去個地方。」

「好是好，但你可別讓小桔梗等喔。」

「好。」

我如此打聲招呼，就前去靠近那名人物。

「你還真悠閒呢。四人去悠哉購物？明明才剛被龍園同學那樣弄得慘兮兮。」
「哎，那是C班表現得好。現在就算在意也沒辦法，對吧？」
「是啊……但是，我也有許多事情無法接受。」
「例如？」
「……沒什麼好說的。」
她用像是澤尻英〇華那種說話語氣回答，然後別開了臉，不作回答。
「現在是什麼時候？」
「咦？」
「我在問妳現在是什麼時候。我們幾年級？還有現在是幾月分？」
「你在說什麼？」
「那個啊，我意思是一年級第一學期才剛結束，妳不必慌張。也就是說，就算稍微被拉開距離，也不必因為小事就情緒波動很大。」
「即使如此這也是慘痛的敗北。我們得思考對策才行……」
「妳只顧著前方，卻看不見腳下。妳現在給人的觀感就是——堀北鈴音這名學生，只讓她競爭學業會很出眾，但一旦進行特殊競爭就一場空。」
「……我知道。」

「什麼嘛，妳有自覺啊？總之，妳最好徹底跌落谷底。」

「這什麼意思？」

現在先讓人徹底擊潰，在此前提之下，最後再捲土重來就行了。

我認為堀北就是擁有那種程度的潛能。

「事情都有順序。現在慢慢來不用急，不是很好嗎？」

「順序？可是既然那樣為什麼你在無人島上會主動採取行動？這很矛盾呢。」

「或許吧。」

堀北不知道我和茶柱老師之間的對話。從她的角度看來會覺得不可思議也是理所當然。

那只是因為老師在無人島時強迫我「展現能力」，我才會無可奈何地四處奔波。對手上沒棋子的我來說，船上的考試當然非常困難，不過我也有好幾種方法。

即使如此我也沒執行，是因為貿然投入太多，是不會有好下場的。

我對A班還是B班根本沒興趣。

只要不把事情鬧大，但也對茶柱老師展現某程度上的能力有無，我就可以爭取時間。

上次考試就我方而言也算是大成功。

「對了，妳對我的打扮沒有疑問嗎？」

「我有想過你穿得好像還滿熱的，但沒有其他感想。」

這傢伙還是老樣子對別人不感興趣。
「妳今天在閱讀什麼？」
「這應該與你無關。」
堀北如此說道，不願讓我看書的標題。
「算了，沒關係。池他們在等我，我要走了。妳也要來嗎？」
「你是在說笑吧？我拒絕。」
我原本就確信她會這麼對我說，因此便毫不顧忌地離開。

7

「你們要幹嘛……」
忽然被毫無關係的池他們給包圍，總是很冷靜的葛城也藏不住內心的動搖。於是，這裡便由上次考試裡也有參加討論的櫛田向他搭了話。
「葛城同學，抱歉這麼唐突，可以耽誤你一些時間嗎？」
「原來是櫛田啊。這是怎麼回事？」

「其實我從池同學他們那裡聽說了一件事。八月二十九日是不是葛城同學你的生日呢？」

「唔……是沒錯……虧你們知道。」

他好像不記得自己和任何人說過，而有些困惑地環視著我們。

「我們在場的四個人想替你慶祝，所以才會試著向你搭話。」

「不，我沒理由讓你們為我做這種特別的事，不是嗎？」

他別說是歡迎，甚至好像很防備。那也是當然的吧。就算他認為這是D班的陷阱也不奇怪。

即使如此他也沒立刻徹底地拒絕，恐怕是因為櫛田的存在有很大的影響。

「今天你有計劃要和誰過嗎？」

「是沒有……」

「那真是太好了。」櫛田滿面笑容，高興得拍拍手。如果是普通男性，看見那般笑容，應該都會立刻迷上她。

然而，那裡的人物是A班領袖，他好像沒單純到會被人輕易擊沉。

「不好意思，我和你們並不是朋友，要是有什麼目的就直說吧。」

「我們沒什麼目的啦，我們是真心想替你慶祝！」

池用認真的表情說道，因為發自內心同情葛城而想替他慶祝。

「唔……」

「真傷腦筋。」葛城說道，拒絕般地緊緊抿起嘴。

這時，我發現葛城手上提著和昨天一樣的生日禮物袋。那應該是他在之前買下的。他為何要隨身攜帶呢。池他們沒對此表示疑惑（抑或是有這麼想，卻裝作沒發現），並向葛城搭話。

「不好意思，我現在有事要去學校，抱歉了。」

「學校？這麼說來，最近你都一直穿著制服，對吧？你在做什麼啊？」

我想這是池不經意的疑問，但葛城沒漏聽這異樣的發言。

「……這是怎麼回事？」

葛城一改至今的客氣表情，轉而進入戰鬥模式，嚴肅面容。

「咦？你是指什麼啊？」

池悠然地連這種變化都沒發現，但他那張表情卻因為隨後這句話而垮了下來。

「你怎麼知道我穿制服在行動？」

池被宛如要吞噬自己的強烈眼神所迷惑，不由得嚇得屏住呼吸。

他應該是因為被葛城指出了無意間嘟噥出的那句話，於是想起自己做過的蠢事。

「咦？哎呀，我就說那是……」

「昨天你見到我之後，我就去和池他們會合了。我是那時候告訴他的，這樣不太好嗎？」

我似乎也只能這麼圓場，於是回答葛城。

「我在想現在明明是暑假，你卻打扮得很稀奇。」

「這樣啊……這麼說來確實如此。」

「對呀，就是那樣、就是那樣。」

「你去學校做什麼呀？」

他對池慌張的模樣似乎還存有疑心，但我姑且算是成功在此改變了話題。

「這是我個人的事情，與你們應該無關吧。」

「雖然我想這樣很雞婆，但你是不是有什麼傷腦筋的事情？」

「你為什麼會這麼想？」

「你昨天和今天都提著同一個袋子，對吧？拿著它去學校有點不自然。再說，因為我昨天在店裡遇見你時，你就已經拿著袋子了呢。今天至少也是第三次了吧？」

雖然有次是碰巧看見他，但我會這樣推理他正在傷腦筋，也並沒有那麼困難。

「我有事要去學生會，就只是這樣。」

還真是出現了讓人很意想不到的地名呢。

「難不成昨天你會穿制服，是為了要去學生會辦公室嗎？」

「……對，可是他們好像不在。」

「我記得昨天為止他們好像都因改裝工程而無法使用教室。」

「你是怎麼知道的？」葛城的模樣有些驚訝，如此反問。
「我和學生會長有些關係。」
「你認識那位學生會長啊？」
「該說算是認識嗎……哎，差不多就是這樣。」
「啊，對呢。D班的堀北是學生會長的妹妹……」
腦筋轉得快的葛城馬上就得到他個人的結論，並接受了這件事。
「既然這樣，或許請你同行會比較方便。如果你時間允許，能否陪我去一趟呢？」
葛城如此懇求。這樣感覺就可以清楚了解葛城的目的是什麼。
「真巧，我也有點事要去學生會。」
「所以你才會穿著制服嗎？」
當然，這原本是為了探查葛城的目的，不過這麼一來，我應該就可以順利弄清他的底細了。
我點頭應允，葛城就立刻往學校出發，前往學生會辦公室。
「打擾了。」
葛城用清楚響亮的聲音如此說道，敲了敲學生會辦公室的門。學生會長堀北學以及書記橘學姊前來迎接我們。堀北的哥哥馬上就察覺了我的存在。
「看來意外的稀客也在呀。」

「你好。」我輕輕點頭打招呼。橘書記則對我擺出極其厭惡的表情。

「我今天前來是有事相求。我聽說學生的要求基本上都要透過學生會。」

「昨天、前天你似乎都來訪了學生會。我們因為改裝工程而不在，真是抱歉。」

「不會。現在是暑假，我知道問題在於我不請自來，但今天能見到您真是太好了。因為根據情況不同，我原本在想就只能直接到宿舍拜訪您了呢。」

葛城為什麼會在暑假中前來此處？目的又是什麼？這件事情終於即將揭曉。

「這所學校於在校期間未經允許禁止與外界聯絡——此次前來，是想詳細詢問這件事。」

「從你的語氣聽來，當然是已經看過校規了吧？除了非不得已的理由，學校不會允許學生聯絡外界。」

就如堀北的哥哥所言，所謂不得已的理由當然僅限於因重大疾病或受傷等情勢所逼之時。

「是的。但是，請問我的案例該如何處理才好呢？我想寄物品和卡片給學校用地外的家人。當然，我並不打算接收家人的回覆。」

換言之，就是單方面的聯絡嗎？

「一樣。就算是單方面也不受允許。」

會長公事公辦地回覆葛城這句話，但葛城若會因而回答「我知道了」並且作罷，那他應該就不會來到這地方了吧。

「我聽說與外界斷絕聯繫，連物品寄送都是嚴格地包含在內。只要不寄送文字資訊，應該就不會對規則造成不好的影響了吧？」

「這在規則上受禁止是不會改變的。這是這間學校創立以來都不曾變過的規範。然而，學校也並非毫無意義地在禁止。學校當初創設時，規則並沒有現在那麼嚴格。」

堀北的哥哥看向橘書記，她便輕輕點頭露出了笑容。

「正如會長所說。原本葛城同學你希望寄送的物品是受允許的。然而，學校卻出現數名學生打破這項約定。他們未經允許，就在物品中夾帶信件。也因為有這樣的原委，現在才會全面性禁止。」

「就是這麼回事。」堀北的哥哥對葛城下達了徹底的拒絕。可是，葛城這個人不會在此放棄。雖然說是一年級，但這名擔任A班領袖的男人立刻就徹底檢查狀況，重整了事態。

「那麼我要再次拜託您。請您讓我在店家提出直接寄送。商品我一根手指都不會碰到，我只會付商品的費用。這樣一來，就不會有不當行為的疑慮。」

「即使如此這也是違規……」

「違規？這間學校是實力主義。據說如果有必要，無論什麼都可以用點數辦到。點數可以運用在各種用途，像是購買成績或是學生之間的買賣，不是嗎？」

看來對葛城來說，他必須送的這份禮物價值似乎很高。

「若是這種事情，話題就會稍微有所轉變了呢。」

堀北哥哥態度有些改變，彷彿準備要冷靜聽他說話。

「在談具體的點數話題以前，你能告訴我是想寄給誰嗎？」

「我要寄給我的雙胞胎妹妹。我家父母都不在了，因此能替她慶生的就只有我。」

結果這和我們做的下流猜測，像是戀愛或什麼的都完全不同。沒想到居然是兄妹關係。

「我要先糾正你一件事，點數不是萬能制度。你所說的行為確實可行，但並不是記載在規則上的事情。要改變目前作為校規而列出的禁止事項，可是很不容易的。學校大概不可能會發出許可吧。」

這雖然是有點難以理解的發言，但應該就是所謂的似是而非吧。

要打比方的話，就是考試成績。

我以前用點數買過須藤的成績，但那並不是「不正當」，完全就只有用點數購買成績的這項事實。然而，假設須藤是由違規作弊來獲得超過不及格的成績好了，這件不當事實要是敗露，很難當作沒發生過。

「校規就是要拿來遵守的。」

「這還真奇怪。這麼一來，這所學校的校規就是漏洞百出。」

「這一點也不奇怪，只是因為校方刻意制定了有漏洞可鑽的規則。」

學生會長像是非常了解葛城的疑問，而間不容髮地回應道。

「…………」

就算葛城的腦筋轉得多快，但問題其實是在於對方是誰。姑且不論光就實力究竟結果如何，但他們的立場差距太大了。這名在學校三年期間都是A班，並任職學生會長的男人無懈可擊。

「您的意思是就算使用點數也沒辦法嗎？」

「沒辦法，學校絕不會因為點數就允許違規行為。」

就像堀北哥哥所說的那樣，亦即點數不是萬能。葛城原本應該有做好砸大錢的覺悟吧，但既然那個唯一的手段都被封住，事情就到此為止了。

「沒事的話就出去吧。」

「這樣啊……我知道了。那我就先告辭了。」

葛城看了我一眼。我用手示意要稍微留下，他便安靜地離去了。

「你不回去嗎？」

「剛才的話題是指不當行為敗露之時的事情，對吧？」

我刻意在話裡用像在援助葛城似的語氣說道。

「你是什麼意思？」

堀北的哥哥把視線投向我。

「你記得之前我們班須藤和C班學生引起的打架騷動嗎？」

「當然。」堀北哥哥點頭。畢竟那可成了一樁大事件。

「當時正因為C班學生向學校申訴，那才成了一筆案子，所以須藤才會成為處罰的審議對象。然而，葛城現在這個瞬間並無做出不當行為，應該只是想拜託你們去做屬於不當行為的事情。然後，知道這項事實的就只有我、葛城，以及學生會的兩人。那麼，只要你們可以對不當行為網開一面就好。」

如果是這兩個人，他們當然能理解我這種拐彎抹角的奇妙說法吧。

就算違反交通規則而遭受警察盤問，只要施以賄賂並成功讓對方通融，那個人就會被容許違規，不會成為處罰對象。

「再說，即使是平常很困難的寄件處理，如果是你們應該很輕易就能辦到吧？」

「原來如此。也就是說，你要我們不經由學校，私下解決一切啊。」

葛城規規矩矩地試圖跟學校取得許可。但若沒辦法的話，他只要不讓學校知道就可以了。這也許是正經八百的葛城不會想到的點子呢。

「居然光明正大說出要我們對不當行為網開一面，真是個恐怖的不良少年！」

只有橘書記對我做出有點離題的指諭。

「你為什麼會得到這個結論？」

「這間學校在校規裡記著禁止暴力行為。然而，你卻對初次見面的我毫不留情，對吧？這就是只要不被學校知道就能為所欲為的證據。」

就算他是學生會長，在公眾場合應該也絕對無法施暴。

「是啊，假如要和外部取得聯絡，就只有這個辦法。不過，葛城無法發現這件事實。也就是他在那個時間點就已經失去唯一的選擇。」

「你不想現在開始幫助他嗎？」

「不可能，這事情不值得我出馬去為那男人做出不正當行為。」

「真是毫不留情啊。」

「你若是這麼想，就該在葛城離開前告訴他，但你卻沒這麼做。」

啊——腦筋聰明的傢伙真是麻煩耶，全部都被他看穿了。

連我在避免讓葛城不小心就防備起我的事情也都曝光了。

「風涼話也說得差不多了，我要回去了。」

「我接下來可是要讓橘去泡杯茶呢。」

「不用，也不曉得她會在茶裡放進什麼東西呢。」

「這、這個一年級學生真的很沒禮貌！」

我打算離開辦公室，堀北的哥哥卻不知為何站了起來，送我到門口。

「這次葛城來談的事情，我就當作不曾聽過吧。就算你之後要在背地裡行動，我也不會做出刺探的舉止，就隨你高興吧。」

「我沒打算要做什麼。」

「若是這樣也無妨，我只是在聲明自己不會干涉。」

我從堀北的哥哥的眼神中領會出了訊息，那甚至讓人有點焦燥。他主要是在說——我不會插手，你就好好地去搗鬼給我看吧。

我像逃避那視線般離開了學生會辦公室。他應該識破了我打算對葛城提出的新建議吧。

「那個學生會長真難對付。」

8

「唉……」

我回到宿舍大廳，就發現葛城坐著深深嘆息。

他馬上就注意到我，而站了起來。

「我正在等你。今天讓你陪我做奇怪的事，真是不好意思啊。」

「不會，是我擅自跟過去的。沒幫上任何忙，我甚至還覺得很抱歉。」

「沒這種事。這應該本來就是沒辦法的事情，我只能放棄了。」

雖然這是他想設法寄禮物給妹妹才採取的行動，但葛城好像心想既然那是規則，就莫可奈何了，所以最後才會放棄。

「不嫌棄的話，請你和朋友一起吃吧。我不太敢吃甜食。」

他這麼說完，就將禮物袋一併遞了過來，但我是不會收下那份東西的。

「我不需要。」

「這樣啊。說得也是，就算拿到原本是要給別人的東西，也開心不起來呢。」

他說完就輕輕點頭示意，準備回去房間。

「葛城。」

我叫住那名男人。

「怎麼了？」

「我說不定能助你一臂之力。我想到辦法能把那份禮物寄給你妹妹。」

「這事情受到離學生方最接近的學生會駁回，我不認為會有解決方案。」

「那是因為你沒有打破校規的覺悟吧。只要不理會這部分，就有可能。」

「……我不會做出冒險的行為。」

這對既身為A班領袖又正派的葛城來說，應該是不可能的事情。

尤其這若是下段班做出的提議，我也不覺得他會乖乖側耳細聽。

「我想這值得一聽。如果送禮這件事情很重要，那就更是如此。」

葛城也甚至為了取得送禮許可，在暑假反覆動身前往學生會辦公室。他非常明顯不是抱著半吊子的心態。

「內容是可以在這種地方站著說的嗎？」

葛城注意起旁人的目光，以及監視器的存在。

「是啊，在這裡說好像也不太對。你要來我房間嗎？」

反正平時就有各種人進出，就算把葛城叫來也不成問題。

我和葛城兩人前往宿舍。

幸好不用說是同學，我們連半個學生都沒遇見就順利抵達了房間。

我打開自己房門，接著打開電燈。

「進來吧。」

「這房間與其說是收拾得很整齊，倒不如說空無一物呢。讓我回想起剛住進宿舍的那天。」

「常有人這麼說。」

我讓他隨意坐下，並按下冷氣按鈕。接著倒了杯茶。

「所以你剛才是在說校規什麼的，對吧？」

「例如說，想從這所學校寄出禮物無法輕易執行，那是因為學校原則上禁止寄件至學校外部，而郵局應該也不會理會學生吧。」

學校用地裡設有郵局，但基本上那裡都是老師在利用的場所。總之，就是不會發生學生出入的情況。即使懇求他們下場也是遭受拒絕。所以葛城才會試圖透過學生會取得寄件許可，委託他們安排。

然而，結論是既然此事遭拒，實際上他就是無法攜出物品。

「這是事實吧？若沒有寄件手段就毫無辦法。還是說，難道有其他運出物品的方法？」

「有。你只要別想太深，光明正大把禮物送出用地之外就可以了。」

「說什麼傻話。你說誰能做出這種事情？不會是設施的工作人員吧？」

唯一可以自由出入用地的，就只有在學校用地裡各種店家工作的工作人員。

換言之，如果利用工作人員，要運出禮物這點本身很簡單。

不過，那裡將會牽扯到巨大的負面影響。

「在這間學校的工作者都是在嚴格規定之下工作。他們不會接受我們學生的請求，做出冒險的舉動。不如說，他們應該甚至會舉發試圖打破規範的我方。」

那麼一來，葛城就會受到嚴格的處分。

「當然不是這樣，因為我們沒有能夠信任的校外人脈。」
「也是。」葛城說完就垂下了視線。
「你不會是在說要我私自離開學校用地吧。」
「再怎麼說這也不可能。我知道未經允許離開用地會是重大處罰對象。」
出入口當然管理森嚴，就算溜得出去，萬一事蹟敗露應該就會遭到退學。
就冒著違反校規來說，這風險也太高了。
「工作人員確實行不通，但如果是學生就另當別論。我們有很多信得過的傢伙。」
「你說學生？那樣才是白搭。只要沒有程度相當的理由，我們就無法離開學校用地。」
「可是也有例外吧？有件事情是必然會牽扯上那種程度相當的理由。」
「例外……？要說出得去學校用地的話……難不成——」
葛城腦筋轉得快，立刻就得到了那項結論。
「是社團活動的大賽啊。」
「就是這麼回事。」
這間學校就算再怎麼封閉，也有事情是無可避免的。其代表例子便是各個社團活動的大賽。
既然比賽是在校外舉行，學生就必須離開用地，前往其舉辦地點。
「如果是那件事，確實是可能把東西帶出用地之外。可是，學校應該也非常清楚這個危險性，照理一定會檢查行李。」

「當然。但那種事情，鑽漏洞的方式應該要多少有多少吧？它和奧林匹克的運動禁藥檢查不同，學生也不會被徹底檢查全身。」

「是這樣沒錯……」

儘管葛城露出思考的模樣，但接著也同時看清了今後的發展。

「攜出的危險性，外加執行學生的心理負擔等等，這事情很不簡單呢。但從你語氣來看，難不成是有能夠勝任的人才……？」

「就是這麼回事。雖然是這麼說，但說服就需要請你親自前往了呢。」

9

我在邀請葛城來我房間大約一小時之後，就把某個從社團活動回來的男人叫了過來。

他把情況告訴後天就要參加體育大賽的那名男人，並請求他的協助。

「啊？喂，別開玩笑了。誰會自願去做那種事情啊！」

須藤一聽見葛城的提議，馬上就唾棄似的做出拒絕反應。這也無可厚非。要是讓人發現違規行為，也不知道會嘗到怎樣的懲罰。

「說起來我也沒義務聽這個禿子的請求啊。」

「好像也是呢。」

葛城也不信任須藤，說起來仍對這項計畫存疑。

「接不接受另當別論，不過我想問你一件事。學校都會做怎樣的檢查呀？」

「就算你問我，我也不知道。」

須藤還沒有完全接受這種情況，也不打算認真回答。

「視情況不同，葛城也可能會付出相應的酬勞喔。」

「你說酬勞？」

「……是啊，我想當然必須支付。」

原本沒意思聽的須藤稍微認真思考起來。

「首先，早上搭上前往大賽的巴士之前，學校會簡單檢查行李，接著沒收手機。抵達舉辦地點，就會直接換衣服、開始比賽。體育大賽結束後會在現場用餐，其他詳情我就不知道了。」

「那麼，更衣地點和行李的管理呢？」

「行李通常都放在更衣室的置物櫃。雖然再怎麼說換衣服時老師也不會在場，可是監視還是很嚴格。連廁所都只有我們要使用其他地方，還不可以和其他學校的人說話。」

葛城聽著這番話，冷靜地模擬狀況。

「管理果然很嚴格。要攜帶物品好像本來就不容易。」

「可以自己帶食物嗎？」

「嗯，那是自由的呢。雖然是少數，但也有人會帶去。」

「若是這樣的話，要攜帶似乎就比較容易了。」

我站了起來，把放在架子裡的便當盒和水壺拿了過來。這原本是學校一開始準備給學生的部分備品，所有學生的房間裡都備有一個。

「禮物就事先放進便當盒裡。以尺寸上來說，應該勉強放得進去。關於袋子部分，就捲起來放進水壺。這麼做就不會被發現了。」

老師再怎麼確認、再怎麼檢查，也不會連內容物都去看。

「等一下啦，就算我這樣帶出去，但要怎麼寄出啊？我既沒辦法寄件，而且也沒有錢。」

「關於錢你就不用擔心，因為只要使用這個就好。」

我拿出從郵局拿來的貨到付款單。

「你只要當天找機會把它貼到包裹上，再投進郵筒就行。」

「說得簡單。結果這不才是最辛苦的部分嗎？」

「……以能考慮的手段來說，這確實是很實際，但也很危險……」

這傢伙自己違反校規，而且還要捲入須藤這種別班的同學。平常葛城很可能馬上就放棄了，但他卻還沒對須藤表現出放棄的態度。

「很不巧，我班上沒人能讓我拜託去做這種事。若可以拜託你，能不能請你幫忙我呢？」

葛城低頭懇求。我可以非常了解對葛城來說妹妹是多麼重要的存在。

「須藤，我想我們通常絕對不會接受這件事。但是反過來說，這對你來說應該也有很大的好處吧？」

「你說好處？你是指剛才說的酬勞嗎？」

我對葛城使了眼色，他就點了點頭，表示自己明白。

「我就支付你十萬點作為成功的酬勞吧。」

我眼神一示意，葛城就拋來不得了的天文數字。

須藤在這瞬間僵住了。從每天都在籌措一兩千點的立場看來，這是個很不得了的金額。

「你不惜做到這地步都想寄出禮物的理由是什麼？」

須藤對於龐大過頭的點數好像反而加強了戒心，如此質問道。

「……我有個雙胞胎妹妹。到這部分為止，我也都有和綾小路說過。」

他在學生會辦公室裡也說過這件事。然而，對方只是妹妹，他卻出奇地疼愛有加。

雖然感情要好的兄妹多如山，但會不惜違規也要獻上祝福，就會讓人有些疑問。

「我妹妹體弱多病，再加上我父母和祖父母都過世了，現在是由親戚代為照顧。長兄為父，這樣的我要是無法替她慶生，那還能有誰替她慶生呢？」

我原本想應該是有什麼隱情，但這之中竟藏著比我想像中還沉重的事實。

「我自認在入學前的階段，就很清楚這所學校的校規，但我沒想到連個包裹都不能寄出，我承認這點是我的疏失。儘管承認疏失，但我無論如何都還是想送妹妹一份禮物。」

哎，我之前也大略確認過校規，上面並沒有具體提及這點，而且完全只有寫到——在校期間未經許可不可離開用地，及無法與外界取得聯繫等等。當然，上面應該也包括無法信件往來，可是沒提及不可寄送物品也是事實。

「所以你才會找上我啊。」

須藤用力抓住我的肩膀，刻意用葛城也聽得見的音量輕聲耳語。

「是說，要是我遭到背叛，那該怎麼辦？我可不想再碰到之前C班那種事情了喔！」

因為他以前曾中過陷阱，甚至還演變成會被逐出籃球社的危機。

「你不用擔這個心，他應該已經料到我們會這麼想。」

他應該會有什麼提議吧。葛城點點頭，表示這是當然。

「我會先匯去兩萬點當作訂金，之後再支付八萬作為成功的酬勞。」

藉由這麼做，就必然會留下共犯關係的證據。假如哪方背叛，就會留下蛛絲馬跡。

「訂金兩萬嗎……可是……」

即使那是筆鉅款，我也了解須藤猶豫的理由。這傢伙視籃球如命。

萬一在籃球社團活動中被發現違規，也是有可能被禁止進行社團活動。

他大概在害怕有這個危險性吧。

「我也想要想出萬全之策。再說，你大概會覺得這可能是陷阱，但假如東窗事發，很明顯我自己也會遭到重大打擊。」

這件事情如果曝光，葛城應該會遭受與須藤同等，或是更勝於他的打擊。

要是沒有這份覺悟，這件事情便不會成立。

葛城當然也在思考，所以他才會藉由支付我方等價點數，來加上讓彼此不會背叛，也無法背叛的制約。

「剩下的，就純粹是被拆穿時的問題了嗎？……」

葛城屆時不會負起這筆責任吧。換言之，實質上就會變成須藤要獨自扛起。

把風險與高額回報互相權衡，須藤會如何抉擇呢？

須藤瞄了我一眼，好像是在某程度上同意，而做出了接受此事的表情。

「知道了啦，我接受就是了吧。畢竟能接受這種危險任務的確實就只有我。」

「可以嗎……？」

葛城希望說服對方，但他應該理解須藤實際上願意接受的可能性不高——即使這樣他能夠獲得高額點數。

或者，交易會因為他要求更高額的點數而破局。他心裡應該是這麼想像的。

在這層意義上，對葛城而言，須藤這名男人的存在既是意料之外，同時也是救世主。

「你都說有體弱多病的妹妹，我也很難拒絕吧。」

須藤展現出重情的一面，無言地搔了搔頭。

「…………」

然而，葛城個性謹慎，無法對須藤的存在坦率地感到喜悅。他面有難色，左思右想似的雙手抱胸。

「怎麼？我都接受了，你還有什麼意見嗎？」

「他應該在懷疑你吧？懷疑我們這方會不會背叛。」

「什麼嘛！是你自己來拜託的，還懷疑我喔！」

這很像是葛城重視防守的作風。對方態度一旦轉而強硬，他就會變得只想觀望。

他就是生性會在進展越順利之時起疑。

不過，這種事情我也理解。很遺憾，只有這次他是杞人憂天。須藤表裡如一，順帶一提我也是如此。我完全沒想過要在這次事情上讓葛城落入陷阱。硬要說的話，我們在此讓他欠下人情，從葛城個人手中得來個人點數才有價值。

再說，萬一葛城做出背叛行為，我們也可以抱著同歸於盡的覺悟把他捲進來。關於這件事，在最初就表現出弱點的葛城基本上毫無優勢。

這禮物本身就是個謊言——從狀況看來也不可能。

我是根據以上結論，才作為仲介角色，介紹須藤給他。我不清楚他會提出多少點數，但若是十萬點，大概可以說是場很好的交易吧。

「為了以防萬一，我要請綾小路當收款對象，而不是須藤。雖然這樣對你不太好意思，但我想拜託你以須藤成功後再匯款的形式來執行任務。」

「為什麼要這麼費事啊？」

「這應該就是所謂的保險手段吧。」

須藤被抓到攜出物品或者寄件的時候，萬一有留下高額點數的交易紀錄，校方就會對他投以懷疑的目光。不過，他的計畫就是先將收款人指定成別人，這樣學校就不會追查到葛城那裡。

須藤雖然有點不滿，但葛城叮嚀他事後要確實寄出，他也答應了。

「還有一點，我想要你沒撒謊的確鑿證據。」

「啊？什麼撒謊嘛！」

我知道葛城還有擔心的部分。

那就是須藤騙他「禮物已投入郵筒」來混過去。就算他說謊，葛城也無從確認。既然無法收到家人的聯繫，要判斷有沒有寄過去，就會是兩年以上——畢業之後的事情了。到時候就於事無補了吧。

我想到幾種準備「證據」的方法。作為最簡單且確實的手段，我判斷最適合的是使用手機寄出證據影像。

不過我要避免說出這些話，我不想貿然受到葛城的矚目。

「因為我沒辦法確認你是不是真的有替我寄出。」

「這種事情我怎麼可能騙你，你是白痴喔！」

「我當然很想相信你，但我們之間應該尚未構築出足以信任的信賴關係。」

葛城在有點不服氣的須藤面前，稍作思考般地雙手抱胸。

「就用手機吧。我希望你錄下當天把禮物投入郵筒的瞬間，再把影片傳給我。這麼做就會大幅提昇可信度了吧。」

看來葛城好像順利想到其中一種手段。

「你剛才有在聽我說話嗎？我說過手機會被沒收。」

「我當然知道。所以，綾小路，我希望你可以幫忙。」

「你意思是？」

「這個水壺還有充足的空間。你把手機關機，事先放入這裡。這麼做的話應該就不會被發現，而且就有可能把它帶出去。」

手機原則上是一人一支，須藤只要在隨身物品檢查上交出自己的手機，他也不會遭受懷疑。

「當然，如果你願意提供手機，我也有支付酬勞的打算。」

他這麼說完，就提出要支付我一萬點。條件不壞。

「我知道了，我會幫忙。」

「這樣好嗎，綾小路？」

「畢竟我也有能幫上忙的地方啊。我也很明白葛城的說詞。況且，要是能得到點數，就我的立場來說也是幫了大忙呢。」

「那麼，就萬事拜託了。」

葛城深深地低下頭，接著就先行離開，回去自己的房間。

「……總覺得我好像因為多餘的事情而緊張起來了。」

「你沒問題吧，須藤？」

「我是第二次參加大賽了，我認為自己算是知道流程……」

即使如此他好像也有自覺這是在做壞事，心裡有些抗拒也可以理解。然而，正因為須藤原本就一直是不良少年，所以對這件事也表現出比較寬容的態度。

「所以，你的手機要何時交給我保管才好？」

「這個嘛——如果可以的話，我想再多做一層準備呢。要是把我的手機交給你的話，我的手機上也會留下高額的點數交易紀錄。要是有個萬一就容易有跡可循。如果可以，我想使用第三者的手機。」

從池、山內那種與此事毫無關聯的人身上取得手機，應該會是最佳選擇。

「不會有人會願意借手機吧？」

「要是我說會支付五千點，對方就會欣然地借給我們了。」

「……沒想到你還真是個壞傢伙耶。」

我和須藤於是就這麼接受了葛城的委託，為了後天的寄件任務展開了行動。

雖然是題外話，不過須藤最後順利瞞過校方，平安順利地把物品投入了郵筒。投入瞬間的影片拍攝，以及資料的傳輸、刪除，都確實執行完畢了。不曉得那份禮物有沒有平安寄達葛城的妹妹手上，但我想事情一定有順利進行。

尤其須藤沒引起問題就能夠了事，雖然我想這是因為他手腕高明，但我也在想這或許和堀北的哥哥有關係。他應該很清楚我們會試圖發起某些行動，如果是那名男人，照理應該都已經事先打點好一切。他應該也已經反過來盯緊須藤，監視到他違反校規的瞬間了吧。

這是我擅自的想像，而我也不打算確認真相。

因為若真是如此，我隱約覺得自己就算不問，也遲早會知道真相。

10

葛城離開綾小路的房間，搭電梯回到了自己房間的樓層。

這時，不知為何有兩名男學生埋伏似的站在他的房間前面。

「你們在別人房間前面做什麼？」

「哦——！你終於回來啦，葛城！你很慢耶，這個混蛋！」

「唔……你們是哪位？是D班的學生，對吧？」

葛城對似曾相識的兩人懷著疑問，如此反問。

「這種事情怎樣都無所謂啦，總之恭喜你！」

砰！——拉炮在兩人這麼說完之後就爆了開來，襲向葛城。

「這、這是怎麼回事！」

「怎麼回事？你的生日就快到了吧！所以我們是來提前幫你慶祝的！」

「慶、慶祝？為什麼你們D班要幫我慶生？沒理由吧？」

「理由有啊，我們同是處男。今後也來好好相處吧，好嗎？」

葛城因為這下流發言而往後退，同時被池強行塞下生日禮物。

「你就吃這個吧！這是我們的偶像櫛田桔梗所挑選的生日蛋糕！」

「我、我怎麼能收下——」

「好啦、好啦。」

兩人用力把箱子塞給葛城。

「那就這樣啦！」

D班的男學生隨後颯爽離去。

留下來的，就只有房間前散亂的拉炮，以及一個蛋糕。

「雖然說是蛋糕，但它摸起來還真是溫暖……」

葛城小心翼翼打開盒子，結果看見裡頭放著因為變成常溫而黏糊糊的巧克力蛋糕。

「……這是惡作劇新招嗎……？」

葛城不由得這麼想。

儘管如此，危險也是潛藏在日常之中

那件事情始於某日傍晚六點的突發事件。我的手機收到學校的郵件，我確認之下，得知那是在通知自來水公司出問題，整個宿舍都會暫時停水。我試著轉動水龍頭，水確實沒流出來。修復似乎需要一段時間，如果工程延宕，則預計持續停水到早上。

不過，校方也替學生做了確實的彌補。如果需要一次使用兩公升以上的水，好像可以在學生餐廳接受配給。信裡也記載了預計學生餐廳將會十分擁擠，因此希望各位學生多加注意。作為禁止事項，校方則表示便利商店暫時不可利用，因為預計會人滿為患。另外，櫸樹購物中心裡設有可以免費飲用的礦泉水，雖然平時都允許利用，但學校禁止學生做出裝進瓶子帶回去等行為——雖然這些事都與我無關。要說有問題的話，就會是廁所了吧。廁所水箱裡有水，但可以沖的次數只有一回，所以我大概必須注意使用。

「飲料……好像還有剩下一些。」

冰箱裡的茶還有一杯分，但今天只要這些就足夠了吧。晚餐就吃不會用到水的料理熬過去吧。

當我正開始準備晚餐，手機就突然響了起來，但電話在我正要接起的瞬間就斷掉了。鈴聲大概響了兩下。

「會是什麼事情呢？」我伸手確認來電對象，上面顯示的文字是堀北鈴音。

沒想到她居然會打給我，這還真是稀奇。堀北就算有事找我，多半也都是用訊息解決。我有點在意情況，於是決定回撥看看。

然而，無論響了幾聲，堀北都沒有接起電話。

儘管覺得有點不可思議，我還是在此放棄深究堀北的用意，並且把手機放到桌上，重新準備起晚餐。今天我要煮炒飯，那是使用預先買來的白米和炒飯材料的簡易料理。

手機在我加上雞蛋之後就大功告成的階段再次響起。

我把火關掉，再度走到手機那邊，結果電話又斷了。我看了手機，結果發現來電者和剛才一樣都是堀北。

我再回電了一次，但無論響幾聲，堀北都還是沒有接起。

我對這不可思議的情況感到有些疑惑。這是因為她在掛斷電話之後，碰巧也忙了起來嗎？雖然那也是有可能的，但就堀北的個性來說有點難以想像。她的個性應該是會留心要在平穩狀況下再聯絡別人。就算是發生了不測的情況，但她連續掛斷了兩次電話，而且就算我回撥也沒接起，感覺還真是怪異。

我在此得出的結論便是——堀北說不定遭遇了意想不到的情況。

「……才怪。」

我對大驚小怪這麼想的自己感到傻眼，但還是中斷了烹飪，決定以訊息回覆她。

『妳好像打來了兩通電話，有什麼事情嗎？』

我這麼傳送出去，結果已讀的字樣毫無時間差距地顯示出來。不過，儘管變成已讀，她也沒有回覆訊息。我左等右等也毫無變化。

『我正在煮飯，或許無法馬上回應，不過妳要是聯絡我，我會回妳。』

我如此回覆。訊息一樣變成了已讀，但因為她沒回覆，我於是決定回去煮飯。

1

吃完晚餐之後，堀北也沒有聯絡我。

我喝完最後一杯麥茶，腦中再次閃過了一些不好的預感。

「難不成——情況真的很糟糕？」

她會不會是被捲進無法預期的情況，或是在哪裡跌倒了呢？

呢。

這反應很不像平時的堀北，唯有這點絕不會有錯。

若是因為手機狀況不好而無法順利取得聯絡，這作為可能性大概也是有可能的吧。

可是，假如是這件事的話，來找我商量的必要性也不高。只要改天去學校告知我情形就好了

這種時候要是有願意去拜訪堀北房間的朋友就好辦了……

真是哀傷，我想不出半個朋友辦得到這件事。

『妳沒事吧？』

雖然很老套，但我試著這麼刺探情況。

「喔……」

她沒有讀取。手機情況變了，和剛才為止都不一樣。會是手機沒電，或是自動關機的情況嗎？這些也是可以想像……

有什麼其他可能的選項呢？我原本就很在意她打電話過來的這件事，她的目的會是什麼呢？但無論如何，不說清楚事由就是很奇怪。

那麼，再次以實際的角度來想，可以考慮的便是——

其中之一，就是堀北有事情找我，卻被其他事件絆住。例如被老師叫出去，或是接到同學的電話，不過這種走向不太可能。現在正值暑假，而且又是晚上，很難想像這時候會收到校方聯

絡，而堀北恐怕也沒有會聯絡她的朋友。

這樣一來，我就應該把第一順位想成她是有什麼事要對我說。

她想聯絡我，卻因為某些意外而無法聯繫。

之後於是就跑去睡覺，或是忘了這回事，才會不小心沒有回覆我。

「總覺得都不太對耶。」

堀北姑且算是資優生，而且也很可靠。那樣的堀北感覺不像是會忘記回應。

我撥了電話打算直接詢問，但電話卻沒有接通，我因此無可奈何地換成傳訊息。

但結果就連聊天室訊息她都沒有回傳文字。雖然剛才有段時間訊息顯示成已讀，但想到現在未讀取，便可以想像她剛才有在操作手機。

「真讓人在意……」

到頭來，待在這裡能做的也很有限，放著不管也讓人很掛心。我為了讓她理解我想和她取得聯繫，於是就試著連續撥打了電話。

既然都做到這種程度，只要她不是真的很忙或是沒發現來電，應該都會接起電話吧。我不斷打電話給堀北，在撥去第四次之時，終於成功聯繫上電話另一端。

『喂……』

堀北沒有很驚訝。不過，她用好像有點疲累的聲音回應了我。

「嗨，抱歉打了好幾通。因為收到妳的聯絡，我覺得很在意。妳睡了嗎？」

『不是那樣。抱歉，沒有回覆你。』

我感覺不到像是慌張或者情況異常的跡象。

『我現在有點忙，如果沒什麼事的話，我可以掛掉了嗎？』

喀鏘——金屬聲從堀北這麼回答的話筒傳了過來。

「剛才那聲音是？」

『不，什麼都沒有，那麼就這樣。』

堀北好像不想讓人刺探，急忙掛斷電話。雖然我也有點在意，但我和她聯絡上了，她本人也說沒什麼事，所以應該是沒問題吧。

因此，我便決定暫時忘記這件事，悠閒地度過這個夜晚。

2

我原以為今天不會再發生任何事，一天會就這麼結束。

晚上九點多時，我的手機靜靜地亮起，收到一則新訊息。

『醒著嗎？』

堀北傳來這樣的訊息。

『醒著。』

『我想和你說些話，你現在有空嗎？』

距離剛才通話大約兩小時後，她這麼聯絡我。

『我打給妳。』

我這麼表示，就打給了堀北，大約響一聲她就接了起來。

「怎麼了？」

『我有點事情想問你……』

堀北和剛才一樣說話很拖泥帶水，她在這之後稍微陷入了沉默。

『假設有一隻烏龜好了。』

「咦？」

堀北突然拋出這種無厘頭的話。

『牠是隻腦筋非常好的優秀烏龜。可是，假設牠因為遭逢意外而翻了過來，你不認為那樣很糟糕嗎？牠會變得無法靠自己爬起來。』

「是啊。不過，雖然我們一般會覺得烏龜翻不過來，但牠們藉由伸出脖子、用腳取得平衡，大致上都可以回到原本的姿勢。附帶一提，無法靠自己的力量翻過來的是象龜或者海龜，無論是哪一種，翻倒的情況都很難發生。」

『…………』

堀北因為我多餘的一句話而陷入沉默。

『真是多嘴，你要是可以乖乖用牠翻不過來的假設來聽我說話，事情就快多了。』

應該吧，連我自己都覺得這完全是句多餘的話。

「所以，那個翻不過來的情況又怎麼了嗎？」

『如果撞見了那種情況，你會怎麼做？我想問一下，當作參考。』

「假如撞見那種情況，我大概會幫牠爬起來吧，反正也沒有很費工夫。」

我雖然沒理由救牠，但也沒理由見死不救。若是這樣的話，試著伸出援手應該也沒關係。

不過，這話題是在揭示著什麼事呢？

如果單純地去想的話，堀北現在正處在宛如烏龜翻不過來的情況下嗎？

可是電話裡的語氣本身很平靜，感覺不出來她正在焦急，這應該不是那麼急迫的狀況。

「所以……妳在煩惱什麼？」

我直截了當地這麼詢問拐彎抹角的堀北。

不論那是怎樣的煩惱，拖延應該都不會有好處。這樣的話打聽出事情會比較快。

『我並沒有在煩惱。』

「不，剛才話題的發展就是這樣子吧？」

『我只是說了烏龜翻倒的話題，那和我沒有關聯。』

「……既然如此，妳為什麼要提及那個烏龜話題？」

『那是我一時興起，因為我想和你討論有關烏龜翻倒的事情。』

真是的，真是亂七八糟。

「這可真不像妳。不對，尋求幫助也不像是妳的作風……妳沒有能夠依賴的對象，所以才會打給我吧？若是這樣，我想妳最好說得簡潔一些會比較輕鬆。」

我教誨似的如此說道。隔了一段時間，她總算鬆口了。

『既然你都說想幫我，而且還想得不得了，我也不是不能和你商量。』

「呃……喔，那就當作是那樣，快告訴我吧。」

堀北超級彆扭地用這種亂七八糟的方式表達。事到如今已經怎樣都無所謂了。

『我碰到了有點傷腦筋的事。』

接著，她總算老實承認了。

「妳現在在哪裡？」

『房間。』

「不會是跑出什麼黑色蟲子了吧？」

假如是那樣的情況，很容易給人即使有說話的餘力，也無法好好應對的印象。就季節來說，這也很吻合。

然而，這間宿舍的清潔維持得很好，堀北住的又是高樓層，蟲子的出現率好像很低。

『不是，如果是那個的話，我自己就能處理。』

「妳指的處理是用什麼方式？是用清潔劑？熱水？或者是拖鞋？是說如果不是的話，那究竟是什麼事情？」

她沒立刻告訴我內容，也令我相當在意。

無論我再怎麼動腦推理，也無法想像到堀北的情況。

『我傷腦筋的理由是……不，還是算了，我會自己解決。』

「妳解決不了那打算自己解決的某件事，而且已經過了兩小時以上了不是嗎？」

她聯絡我時應該早就處在困境之中。那麼，她應該正在歷經一場艱辛的苦戰。

『是啊……』

儘管表示肯定，堀北卻好像因為內情沉重，因此沒立即回答。但是——

『……是啊，我的體力確實也快到極限，我就老實說了吧。』

我終於能問出正題——我這麼心想，堀北卻如此說道：

『……能不能請你現在過來我房間……』

這是個好像有點害羞、尷尬，彷彿有些弦外之音的一句話。

「妳說現在？時間已經超過九點了喔？」

『我很清楚……可是解決方式就只有請你過來一趟了嘛……』

彷彿情緒激動，且伴隨些許痛苦的焦躁聲音。

「在這個時間上去女生居住的上層樓層，我心裡會有點抗拒耶。」

『我知道，但不請你直接移動的話，事情很難解決。』

堀北這麼說完，就單方面掛斷電話。

「總覺得有點恐怖……話雖如此，但我也只能過去了吧。」

總之時間太晚也不太好，因此我便抓起手機和房間鑰匙，離開了房間。

3

我不太想碰見其他女生，因此便看準沒任何人使用電梯的時機。

偷偷摸摸的雖然可悲，但我就是這種人。

電梯正好抵達堀北居住的十三樓之後，我就立刻去按了她的門鈴。等了一段時間，房門也沒有要打開的跡象，所以我就試著慢慢開門，發現門沒有上鎖，門輕易地就被我打開。

「堀北？」

堀北的房間構造是一間寢室、一間廚房，但由於隔了一扇門，所以我無法眺望到寢室。和當初入住時幾乎沒什麼改變的走廊和廚房裡沒有堀北的身影。

「你是自己一個人，對吧？你可以進來。」

隔著一扇門的另一側，傳來如此聲音。

「就算是在宿舍，這樣也很危險耶。」

「沒問題，要是有可疑人物進來，光是靠我右手現在的破壞力就足以對付。」

這種說法是怎麼回事？

我一面這麼想，一面踏進房間。

堀北背對著我，我無法窺知她的表情，可是她並沒有什麼奇怪的地方，而且房間裡也很樸質，感覺沒有地方特別怪異。

「我來了。妳在煩惱什麼？」

「你看了就知道。」

堀北這麼說完，就緩緩站起，回過頭來。

這個瞬間，我的心裡同時湧現出無法理解，以及能夠理解的這兩種情感。

「原來如此……結果是這麼回事啊？」

「就是這樣。」

她好像覺得有點丟臉地撇開視線，望著自己右手臂的前端。那裡有個女性用小型水壺正好完全卡住了她的手。

「該怎麼說……這不像是妳會有的慘狀耶。妳該不會是在玩吧？」

「別說蠢話。」

「不，這有可能吧？應該就像是把牛角玉米餅乾套在手指上吃的感覺？」

她好像對我這種說法感到火大，而繃著臉舉起右手。

「我、我開玩笑的。」

「就算你說在開玩笑，但那如果不是有趣的事情就沒有意義。你的玩笑不有趣。你不及格。」

「那不是因為我的玩笑不好笑，而是我在捉弄妳的關係吧？」

「我只是因為在洗杯子，才會變成這樣。好了啦，你可以幫我拔開嗎？」

就是這麼回事吧。我抓著水壺前端拉了拉，堀北也整個被拉了過來。

「自己拔不開，也就表示它卡得相當緊。腳稍微用力頂住一下。」

假如她身體維持用力撐住的狀態，還是會就這樣被我拉過來，那就真的拔不出來了。

「這種事情我也知道。我只是很累了，麻煩你盡快。」

堀北好像也因為長達兩小時以上的奮戰而疲憊不已。我再次握緊水壺。

我稍微加強力道拔水壺。雖然堀北也使力站穩，忍耐著痛楚，但水壺好像真的卡得很死，完全沒有脫離手臂的跡象。

「這也不行耶，這麼下去大概沒辦法拔開。」

「這樣啊，果然沒辦法……」

堀北好像早已領悟到水壺拔不開，看起來沒有非常失落。

「只能灌進肥皂水慢慢拔開了呢，我們去廚房吧。」

「但災難總會持續發生。你忘記停水通知了嗎？」

對耶，宿舍內到十二點為止都無法用水。唯一能夠使用的就是廁所的水，但再怎麼說，堀北應該也不會答應使用那種水。

「我去一下學生餐廳。」

大概只有這個方法了。只要得到水應該就拔得出來。

我立刻出了房間，動身前往學生餐廳。

然而，我卻在此碰見意料之外的不測情況。

「抱歉呀，學生來得比想像多，水已經沒了呢。」

學生餐廳的大嬸感到很抱歉地如此致歉。看來晚餐時需要水的學生把全部的水都拿走了。

「我知道了，我會去自動販賣機買。」

「可以嗎？」

我只是要把手臂從水壺拔出來，所以不需要大量的水，應該只要有大概兩杯分就可以了吧。

我這麼想著，接著走向設置在學生餐廳附近的自動販賣機。然而，所謂禍不單行。自動販賣機的水、茶、果汁等等全都賣光了。

「……我還是第一次看見銷售一空的自動販賣機……」

4

「所以，你連簡單的伴手禮都沒帶就回來了嗎？」

我雖然被水壺超人怒瞪，但無可奈何的事情就是無可奈何。

「我本來想從我房間拿水給妳，不過我全都用光了呢。」

我只能說這也是不幸過程中誕生出的悲劇。

「那要怎麼辦？」

「妳不介意的話，我也可以去問問池或須藤能不能分水給妳喔。」

「這就不用了。」

我才在想她會不會回我這種答案，所以在問池他們之前先和她做確認，但似乎果不其然。

「如果妳討厭欠人情，我會幫妳騙他們說是我需要的。」

「不是這樣，我對於使用他們手邊的水源很反感。也不知道水裡會摻進什麼……」

堀北簡直就把他們當成細菌。這種事情絕對不可能……我很想這麼說，不過我沒自信。畢竟他們也有把喝到一半的水或者茶就這麼放著的習慣呢。

如果是要給堀北，他們應該就會交出乾淨的東西，可是若說是我想要的，根據情況不同，他們或許就會拿給我那類東西。沒有什麼是比無心的惡意還要更恐怖的。

「那麼，我們要再試著挑戰一次嗎？」

「嗯。待會兒就算我很痛，也能請你繼續下去嗎？」

堀北像是做好覺悟般伸出右手臂，好像想及早脫離這種情況。她的手臂甚至微微冒出汗水。

「好，那我要稍微用力拉了。」

我也想盡快讓堀北解脫，回到自己房間。

我心想這種愚蠢的情況就只要忍耐一時，於是牢牢抓住了水壺，用將近剛才一倍的力氣試圖拔開水壺，堀北就只有露出痛苦之色。即使如此她也沒有叫苦，而是忍耐著痛楚。水壺就像是吸住她手臂似的分不開。

「果然需要水。」

這只能潤滑之後再拔。假如即使如此也拉不出來，就有必要打給消防局了吧。

「你是要我以這副模樣等到十二點嗎？」

「在我知道聯絡方式的對象之中，要說值得依賴的男生，大概就剩平田了吧。」

「如果對象是他，關於水質應該是不會有問題……但我不想欠他人情呢。」

「就算妳說會欠人情，那也只要我在表面上說是我需要就好。這不會是妳的問題吧。」

「……這麼說是沒錯。」

堀北好像有點不服氣，但她為了度過危機，就無奈地接受了此案。

「那麼，我就趕快來聯絡看看。」

我試著致電平田，但這裡也是倒楣不斷。電話不管響幾聲，平田都完全沒有跡象要接起，我就算寄訊息過去，他也沒有讀取。

「不曉得是沒發現，還是在睡覺。總之他沒有反應。」

「這樣啊。我現在真是悲喜交集，心情複雜呢。」

「剩下應該就只剩依賴櫛田或者佐倉這些辦法了吧。」

「麻煩你選佐倉同學。」

她立刻回答，彷彿在表示櫛田根本連提都不用提。

「妳和櫛田關係還是很差啊？」

「我沒理由和睦相處。再說，我對她的行動有幾件事情無法認同。」

「無法認同的事情是指什麼？」

「……我是指船上的考試。她從一開始就放棄取勝，瞄準了平局。」

堀北回想起前陣子的特別考試，接著雙手抱胸。無奈的是，她的手臂因為套著水壺很難看，因此相當欠缺魄力。

「那傢伙是和平主義者，也是有可能會去選擇任何人都能夠幸福的選項吧。」

「我不打算全面否定結果一，但既然優待者是我們班的人，這件事就根本不用談。」

她嚴厲地如此斷言。

船上舉行的考試，是場分成十二組去找出優待者的遊戲。結果共有四種，而結果一是所有人都識破優待者真面目，並且沒出現叛徒，是個最難達成的結果。其報酬豐厚，小組全體皆可無差別獲得一百萬點，不過唯一的缺點就是擁有優待者的班級沒有好處。各班平等地獲得評分，所以差距不會拉開。無法活用優待者這個特殊待遇——堀北就是對這點不滿。

「那個情況對D班而言是絕對優勢。換言之，我們絕對得隱瞞優待者的真面目，照理說也能隱瞞到底。所有人卻都知道了櫛田同學就是優待者，我認為她本身和這件事情有瓜葛。」

換句話說，堀北想說的就是櫛田做了某些事情，而導致最後成了結果一嗎？

「這是妳的猜測吧。」

「是啊，但可能性極高，我推斷她有罪。」

堀北加強了語氣。我不是不了解她的心情，可是她手臂上卡住的水壺果然還是很不像樣。不過，我必須在此稍微訂正堀北的想法呢。這傢伙還處在成長前的階段。

「我明白妳的心情，但這樣不行吧？」

「你是指我沒憑沒據就說她背叛嗎？」

「不是那個，我的意思是這全是妳的責任。我是假設櫛田真的背叛才說這些話，如果這是事實，那麼遭受櫛田背叛的妳就有責任。加上就算遭到櫛田背叛，妳也必須取勝，不是嗎？」

我正面拋出了任何人都知道，但難易度也最高的要求，來作為正確答案。堀北對於不講理的猛攻越發不服氣。

「真是胡說八道，你知道那是多麼不切實際的事情嗎？」

「不切實際？我不這麼認為耶。我再重複一遍——如果櫛田因為背叛而引導出結果一，這就是一件很厲害的事情，那可說是半吊子的心態不可能達成的領域。換言之，妳在上次考試中，就是因為實力差距而被櫛田玩弄於股掌之間。」

當然，我是針對櫛田就是叛徒的情況才這麼說。如果不是這樣，那就不適用了。雖然不清楚那是龍園、葛城還是誰去執行的，但我應該只能把這結果看成是龍組每個人都屈服於某股強大的力量。

就算是那種情況，堀北被騙得團團轉這點也是沒改變。

「如果妳因為自己班上有優待者就認為穩操勝券，而沒有發起行動，一切責任就在於同組組員。假如妳要以A班為目標，管理這點事情就是理所當然。」

「……你還真是說了件難事。」

「我了解妳焦燥的心情。即使如此這就是妳選擇的道路。再說，妳已經比過去還更有所成長。剛碰見妳時，就算我說同樣的話，妳應該也絕對聽不進去。」

對，堀北的精神層面正紮實地、慢慢地成熟起來。

她已經變得不像是初識時那個拒絕一切的少女。

「我知道了，我會接受考試結果，也會反省自己想得太樂觀。但現在首先要解決的是讓這隻手臂自由。」

「說得沒錯。」我如此說道。因為現在就正處在某博士會邊點頭邊這麼說的情況之下呢。

「我去拜託看看佐倉。」

夜也開始深了。我試著傳訊息叫她，而非打電話。

『佐倉，我想妳已經知道停水的事情了。我正在煩惱房間裡沒有飲用水，自動販賣機也都賣光了。如果可以能不能分我一些水？』

我傳出去之後稍微等了等，但她沒有讀取的跡象。

「不行耶，不知道是不是在睡覺，她好像沒注意到。」

「真是的，今天真是倒楣到極點……」

「妳想盡快拔出來，對吧？」

「如果我打算用這副模樣等到十二點過後就不會叫你過來了呢。」

說得也是。她應該想盡早拔出來才是。

「既然這樣，就只能讓妳也負起相應的風險。」

「……相應？」

她雖然很警戒，但還是這麼反問。堀北腦中一隅恐怕也有了底吧。

「就是出去這個房間，走到可以用水的櫸樹購物中心。只有這辦法了吧。」

「果然會變成這樣……」

堀北把手扶在額頭上，但她現在無論做什麼動作，看起來都會很蠢。

「現在的時段大家都在用餐、洗澡，要做的事情也很多，這是個好機會。」

實際上，我來這個房間前，以及到學生餐廳的期間，都沒有碰到任何同學。既然她說忍不到十二點，應該就不得不去承擔這點風險。

「為了顧全大局也只好犧牲了。所以，你真的沒辦法拜託你的朋友們嗎？」

「很不巧，今天沒辦法耶。他們好像都約好要去唱卡拉ＯＫ，所以不在房間裡。」

「真是的。雖然我沒打算繼續重複這種抱怨，但今天到底是什麼日子啊……」

「走吧，這也是為了趕緊解決。」

「等、等一下。再怎麼說我實在無法就這樣出去。」

「那妳要用什麼東西把手藏起來嗎？雖然已經藏在水壺裡了。」

「那種多餘的吐嘈是不需要的呢。」

「我、我知道了，我會向妳謝罪，快放下那隻舉起的手。」

她又想打我了。我急忙和她保持距離。

「妳有像是布之類的東西嗎？」

「布……？是有手帕。」

堀北這麼說完，就從架子上取出白色手帕。

我收下那東西之後，就從上方蓋住堀北的水壺。

「……這樣明顯很可疑呢。與其這麼說，不如說是長度不夠。」

雖然藏住了大半部分，但要是水壺會露出來就沒意義。

「有沒有更大塊的？」

「這麼一來就會是浴巾了呢……」

她這次拿出了浴巾。我試著把它披在卡著水壺的手臂上。

「哎，這個的話勉強算是可以……」

只不過，為什麼要手上拿著毛巾外出，就會成為一個謎。

在某種意義上，這說不定會比手臂卡著水壺還更顯眼。

「而且浴巾有點不牢固，行走時會掉下來呢。」

「用空著的那隻手壓著應該就好了吧？」

我把浴巾折起，讓她以彷彿接下來要入浴般的形象拿著。

這樣一來，嗯，看起來好很多了呢。

「旁觀者看到我這種狀況，會抱持什麼樣的感想呢？」

「我想想……」

首先，大前提是我們既不會拿著浴巾在宿舍裡晃，而且也不會外出。

旁人當然會覺得很困惑吧。然後要是我站在她身旁，那就更不自然了。

「根據情況……我不知道耶。例如說，或許看起來會像是妳要去我房間借浴室。」

話題說不定太跳躍了，但看起來也會像是那樣，因此我便試著說出口。

「我要駁回這項提議。」

她拿開浴巾，表示否決。

就我立場來說，我也不希望別人產生那種奇怪的疑問。

「以手放入背包的狀態走路如何？」

「我連想都不想想了。駁回。你能不能想個再好一點替代方案？」

她明明就身處危機，只有發牢騷很人模人樣。

「那乾脆就這樣走吧？這樣比較輕便，也能避免毛巾或手帕等掉落的麻煩。」

「……也是。」

想東想西只是浪費時間，就只有採取行動了。

我帶著有點不甘願的堀北走出房間，接著把頭探出走廊。

「好，現在沒有人影，走吧。」

「等、等一下，我沒辦法好好穿上鞋子。」

由於單手無法使用，因此在這部分也很耗時。我們稍微磨蹭了一段時間才出去走廊。

「通勤路上應該也有水龍頭吧？只要到那邊就有辦法了。」

通常走路五分鐘就會到。雖然正因為這種情況，或許我們要耗費兩倍時間，但只要出了宿舍、融入黑夜，應該總有辦法吧。

我走向電梯前。因為兩台都沒有在運作，所以我們也不是不能共乘。

「不行，綾小路同學，我不能使用電梯。」

「什麼？」

「一樓大廳有監視器畫面，對吧？不知道會有誰用那個看見我。」

一樓確實有個螢幕會播放電梯裡裝設的監視器影像，堀北在擔心會被人從那裡看見。

即使笨拙地對監視器隱藏手臂，畫面變得不自然也是無可避免的事。

「那麼要走樓梯嗎？」

從這裡下樓會相當耗時，而且一隻手不能使用也有點危險。

「若要讓人看見我這副難堪的模樣，我寧可選擇走樓梯。」

堀北將辛苦、危險與自尊心相互衡量，最後選擇了自尊心。

緊急逃生樓梯有兩處，無論哪個都位在距離電梯差不多遠的位置。不管是哪個，都必須再次通過學生房間前，可是這也是沒辦法的。我帶著躲在我身後走路的堀北走向樓梯。

若要借用堀北說過的話，我現在也想說「今天到底是什麼日子」——換言之，今天真的是很倒楣的一天。

路途中，陌生的學生房間傳來開門聲。

聲音是從我們身後距離大約三個房間之處傳來。

「糟、糟了，那是前園同學的房間。」

D班的前園啊。她應該是堀北現在很不想遇見的人物之一吧。然而，我們無處可逃。

房門緩緩開啟，從中走出的不是前園，而是她的朋友——櫛田。對堀北來說，這大概是更加不測的情勢吧。

「謝謝妳，櫛田同學，我會還妳這份人情的。」

「不，沒關係喲，別放在心上。晚安，前園同學。」

看來她好像來前園房間玩了。前園好像打算在房裡送她，因此我沒看見她的人影。門啪地關上後，櫛田就走向了電梯，沒發現我和堀北的存在。

「好險……」

「是啊。」

櫛田要是回過頭應該就會發現我們的存在。我捏了把冷汗。

總之這裡太引人注目，我們得趕快去緊急出口。

當我正要踏出下一步時，前園的房門又打了開來。

「櫛田同學，妳有東西忘了！」

前園說完就出了房間，櫛田當然也回過頭來。

「咦，綾小路同學、堀北同學，晚安！」

「喔、喔喔。」

我們簡短地交談，但櫛田應該要先確認忘了的東西，因此走向了前園身邊。

前園勢必也發現了我們。

堀北全身僵硬。她因為櫛田和前園的視線而無法動彈。

「妳忘了拿手機。」

「啊──抱歉。謝謝妳，真是幫了大忙──」

「走吧，綾小路同學，我們不須在此久留。」

堀北用水壺前端頂了頂我的背，表示櫛田她們的注意力轉移到忘記拿的東西上的現在正是好機會。

哎，這副模樣要是讓人看見，堀北的自尊心大概會碎得滿地都是吧。

儘管被堀北推著，但我也抵達了緊急出口，試著推開那扇門。

然而──

「門打不開。」

「你在開玩笑吧？緊急出口怎麼可能會打不開。」

「不，是真的打不開。」

緊急出口通常都是禁止上鎖的，不過這情況恐怕是——

「你們兩個要去哪裡呀？」

櫛田很在意打算從緊急出口出去的我們，於是結束和前園的互動，並靠了過來。

「啊，不，我們只是想稍微走樓梯下去。」

這應該是個會讓人搞不太懂的理由，但我也只能那麼回答。

「我記得東門樓梯現在好像因為沒有照明的燈光而無法使用耶。因為一片漆黑很危險。如果是西門，我想就可以使用了喲。」

「原來如此，是這麼回事啊。」

堀北沒和櫛田說話，打算躲在我背後避風頭。

「堀北同學，妳和平常感覺不一樣耶，妳怎麼了嗎？」

櫛田這麼搭話，就往這裡走了過來，甚至還走過了自己的房前。

她好像打算過來我們面前。

堀北似乎也理解了櫛田的行動，於是便稍微尖著嗓子如此答道：

「沒什麼事。」

堀北話裡帶有「給我停下」的請求，櫛田好像感受到這份含意，因而停下腳步。

「這樣啊，要是妳有什麼煩惱就和我說喲。前園同學剛才也因為不能用水，似乎很傷腦筋呢。我還有多出來的水喲。」

看來眼前的櫛田擁有堀北現在最想要的東西。

現在在此拜託她的話，似乎就能輕鬆把水弄到手——

堀北將水壺前端抵著我背後，當作手槍槍口似的使用。

我不許你去拜託櫛田——她的意思應該是這樣。

「那麼，堀北同學、綾小路同學，兩位晚安嘍。」

「噢，晚安。」

5

我們走緊急逃生樓梯，花時間從十三樓下到一樓。雖然大廳也可能會因為停水騷動而很熱鬧，但幸好現在感覺不到學生或管理員的動靜。

「現在的話可以走。」

「……嗯。」

堀北一面藏在我影子下，一面跟著我走。我和她一起從玄關走出了外面。

但是——

我看見數名男女從前方一片黑暗中邊閒聊、邊靠了過來。他們好像不是D班學生，但從堀北的角度來看，無論對方是誰都沒什麼差別。現在來不及離開宿舍，我於是轉身背對了他們。

「這樣下去會被發現耶……」

他們接近宿舍的跡象逐漸增強，我們現在也許應該先回緊急逃生樓梯。

我急忙打開通往緊急逃生樓梯的門。但是都落到這種地步了，不幸應該還是會連鎖下去吧。

正上方還真的隨後傳來人聲。

住在低樓層房間的學生經常不使用電梯，就算走緊急逃生樓梯也不奇怪。

我們連往上走的路都被封住，於是被逼得折回大廳。

「已經只能搭電梯了……！」

「妳不介意嗎？螢幕會被人看見喔。」

「只能請你掩護我了。知道攝影機的位置，照理說應該辦得到。」

雖然會有點不自然，但這事情確實不會不合理。這手段應該是她想盡量避免的，可是既然無路可逃，也只好這麼做。我趕緊搭上停在一樓的左側電梯，接著迅速站在攝影機前方。堀北則在我背後宛如背後靈般站著，並且藏住自己的手臂。

這樣一來，若對方只是瞥過螢幕應該不會發現。總之我們必須離開一樓。我隨便按了按鈕，讓電梯往上升。

「暫時可以放心了……真是回到原點了耶。」

「我已經放棄了，這種狀態實在無法外出。事到如今，我會乖乖忍到停水修復為止。」

我想這雖然是個痛苦決定，但堀北好像已下了如此結論。既然她這麼決定，我們只要回去十三樓就好。我取消自己隨便按的樓層，接著按下十三樓。

試煉應該不會再繼續降臨了。

當我和堀北都有點放下心時，那件事便毫無預兆地發生。

快速上升的電梯速度急速緩下。最近搭電梯都沒好事——事情快得連讓我這麼想的時間都沒有。而這既非故障，也非按錯樓層，而是——

電梯在五樓停了下來。對，五樓學生按下了電梯按鈕。

不管誰搭進來，堀北異常的模樣都無法避免被人看見。

一群人一口氣蜂擁擠進來讓電梯滿載，那樣不被發現的可能性甚至還比較高。但殘忍的是，就只有一名男學生站在開啟的電梯門前。

沒想到我們居然會碰上這傢伙……

不知那男人有沒有發現我們，他散發出一如往常的優雅，一面搭進了電梯。

他完全沒對我們投以視線，就這樣朝電梯鏡子筆直地靠過來，然後望著鏡子，開始確認起自己的髮型等等有無異常。

「…………」

堀北應該也對這個正大光明沉浸於自己世界的男人很目瞪口呆。他拿出好像總是隨身攜帶的梳子，開始梳整頭髮。

「電梯boy，麻煩按下最高樓層。」

那個男人……D班學生高圓寺六助凝視著鏡中映出的自己，一面如此不客氣地說道。雖然我有各種想吐嘈的地方，但此時我該默默服從才是。我沉默地按下最高樓層按鈕，接著關上了電梯門。電梯再次開始上升。

高圓寺好像正心無雜念地確認著自己的髮型，沒有對我們表示興趣。如果我們是陌生人，這就是理所當然的道理，但我們好歹也是同班同學，我還以為他至少也會看向我們。

不過這也算是死裡逃生。如果對方是高圓寺，他對堀北也沒興趣，所以應該不會察覺水壺的存在吧。剩下的，就是別做出會引起他注意力的事，熬過剩餘時間就好。我們只需要這麼做。再說，就算他真的看過來好像也沒問題，堀北順利調整了自己身體的位置。

她維持在攝影機的死角，同時也擋得住高圓寺的視線。

電梯經過了十樓。雖然我正在思考他到最高樓層有什麼事，但我也問不出口。我本來以為不太可能，但沒想到我們真的什麼事也沒發生，就這樣抵達了目的地十三樓。

電梯門緩緩開啟，我和堀北幾乎同時走了出去。
結果，高圓寺沒將視線從鏡子移開半次，就這麼往最高樓層消失無蹤。
雖然最後平安無事，但堀北還是馬上快步返回了自己房前。
「我沒辦法再繼續下去了。以這種狀態一面警戒周圍，一面外出，實在很亂來。」
堀北說完就逕自回到房裡，她應該相當焦躁吧……
我也跟在她身後，再次進入了房間。
我的手機在這個時間點震了起來。
『抱歉呀，很晚才回覆你。我剛才在查些東西，所以沒注意到。』
佐倉回覆這樣的訊息。
「佐倉同學？」
「嗯。」
『你要水對吧？當然可以呀，大約一瓶寶特瓶的分量夠不夠？』
『那樣就夠了，謝謝妳。我可以現在過去拿嗎？』
『嗯，我等你。』
她這麼回應。如果是直接和她本人說話，對話通常都會難以進行，不過若是透過聊天室，對答就會非常流暢。

「妳就高興吧，堀北。看來佐倉願意分水給我們。她准許了，我去去就回。」

「麻煩你了，請你千萬別把我的事情告訴佐倉同學。」

「嗯。我就快和妳這副模樣道別了耶，可以拍張照作紀念嗎？」

她揮舞水壺，好像就要飛撲過來，我因此急忙逃到了走廊。

「真是個恐怖的女人。按那傢伙的運動神經看來，我要是被她砸到頭部，很有可能會死耶。」

如果被手臂上卡著水壺的女高中生打死，我可是會在歷史上留下汙名。

6

「好，拿下來了。」

經過長時間苦戰，我總算成功把水壺從堀北手上拔開。

「真是多災多難的一天……」

時間被水壺事件剝奪，我也很了解她會那麼想的心情。

「綾小路同學，請你千萬別把這件事告訴任何人。」

「在妳忠告我以前，應該還有話要說吧？」

「……謝謝。」

雖然不是很坦率，不過她好像也算是能向人答謝的。

「話說回來，手臂卡在水壺裡拔不出來，這種突發意外和妳還真不相襯耶。」

「你管我，我又不是喜歡才陷入這種麻煩。」

哎，該說這就是潛藏在身邊的危險嗎？我們也不曉得這世上會發生什麼事。

堀北催我趕快出去，我因此回到自己寢室。

話說回來，手臂拔不出水壺，這種事真的有可能嗎？

我從箱子裡拿出水壺，用水清洗之後，試著把手放進去。

結果，沒想到水壺尺寸非常剛好，我的手臂於是就這麼被牢牢固定住。

「火箭飛拳……開玩笑的啦。」

我一瞬間變得就像是個笨蛋。我隨後打算把手臂從水壺拉開，但是……

「拔、拔不起來！」

犯桃花、災難的一天。天使般的惡魔笑容

「今天你可是要幫我喔！綾小路！」

「……一大清早的是怎麼啦……你還真有精神耶，山內……」

我因為門鈴被連按而醒了過來，看見訪客山內便嘆了口氣。

「打擾啦！」

他還真有精神，幸好池和須藤沒一起來，不過他究竟有什麼事呢？

「什麼啊，你剛才在睡覺喔。暑假再幾天就要結束了，你還真悠閒耶。」

正因為假日所剩無幾，我才會這樣悠哉度過。

「我決定要把今天當作是我特別的一天，你就讓我進去吧。」

我跟不上他的話題，而一面摸著睡翹的頭髮，一面把山內從玄關接進來，接著幫他準備一杯麥茶。

「所以說……你要把今天當成特別的一天，這件事和我有關嗎？」

「你可別說你忘了喔，綾小路。忘了我有權利問出佐倉的聯絡方式！」

他強而有力地喊道，然後逼近了過來。他的雙眼有點充血，我看得出來他有多認真。

「原來如此……」

關於那件事全都是我的不對，因此我也不可能以不方便為由，隨便聽聽他說的話。

之前，我曾經用告訴他佐倉的聯絡方式當作條件，讓他做出小丑般的舉止。也因為那件事的影響，尤其是堀北，她降低了對山內的評價。照理說告訴他聯絡方式才是道義，但那是我未經本人許可就做出的事情，所以我才會選擇優先保護佐倉，至今都還沒告訴山內她的聯絡方式。

我確實不得不償還這份人情。

「如果你是要我去問聯絡方式，我想可是相當困難喔……」

「不是那樣，那個我放棄了。」

山內說完，就拿出他原本就拿在手上的一封白色信件。

「我把自己對佐倉的心意都寫在這張紙上了！」

「你說寫在這張紙上……代表這是封情書嗎？」

「沒錯！我在這上面寫下了自己有多麼喜歡佐倉！你看看！」

『敬啟者，佐倉愛里大人。我從以前就很喜歡妳了。請和我交往。』

「真是封開頭畢恭畢敬，內容卻過於直白且簡化的情書……」

面對這般指摘，山內露出驕傲的表情。

「情書並不是只要寫得落落長就沒問題。」

或許是這樣，可是再怎麼說，這樣是不是也太沒條理了呢？我甚至可以預見收件者會覺得困擾。況且對象若是佐倉，就更是如此了。

「為何不是手寫，而是印刷的啊？」

「哎呀，不是我在自誇，但我字寫得很難看呢，我是藉由印刷體來讓她容易閱讀。感覺上就像是擔心她會不小心看錯文章內容吧。」

他有點驕傲地用食指蹭了蹭鼻子下方，不過我認為這部分並沒那麼重要。

「而且你看，聽說最近履歷表不是也都會用印刷的嗎？」

「但我也聽說要向對方傳達心意，手寫會比較好耶。而且，為什麼這會是那種感覺很恐怖的字體啊？」

怪誕、惡靈是真實存在的！——那字型就彷彿會變成這般好像在詛咒別人的標題。

「該怎麼說呢，這樣應該會很有衝擊性吧？會有種『我一直愛慕著妳』的感覺。」

「哎，我就退一百步說ＯＫ吧……問題是最後這個。」

這部分是為了推薦自己而寫。

『如果妳願意和我交往，我有覺悟每個月都交出所有點數。我會進獻給妳的！』

「再怎麼說，這都不行吧……」

「為什麼啊？據說可愛的女生都喜歡被供養耶！再說，我即使獻出所有點數也想和佐倉交往——我認為這可以把我的愛慕之情、熱情傳達過去呢。」

我不會說沒有那種愛情形式，但這篇文章的內容也可以理解成是——妳就為了錢財來和我交往吧。

「這樣就行了，就算是瞄準我的錢，我也希望她和我交往……這有那麼糟糕嗎？」

我點頭之後，山內就露出無法理解的表情，但他好像還是表示了一定程度上的理解。

「……我要確認一下，你是認真打算要表白，對吧？」

「嗯，第二學期開始，我就要過著夢幻般的校園生活！我就賭在這裡了！我已經聯絡完小桔梗，拜託她幫我叫出佐倉了。」

山內的眼神中完全沒有開玩笑的成分，看起來心意已決。

既然都看見他那個樣子，我也無法瞧不起他了。如果他對佐倉不抱尊重的心情，我就必須阻止，但這次他的做法卻非常認真，我應該老實助他一臂之力才是。

「所以……我該怎麼做？確認信件內容就可以了嗎？」

「那也是其中之一，不過你還有個重要的任務。說穿了，就是我想請你把寫好的信件送到佐倉那裡。」

「什麼？你剛才說什麼？」

我頓時以為自己聽錯，不禁反問道。

「我說，我希望你代替我去送信啦。我從早到現在都一直很緊張，該說自從我在國技館決賽奪冠以來，這麼緊張還是第一次嗎？所以我沒自信可以好好說話，並把信件交給她。」

雖然我很想問問他在國技館比過什麼決賽，以及平常謊言中的詳細內容，不過山內平常興致高昂，對戀愛也很率直，這實在很不像是他會做出的軟弱發言。

「如果你說問題是出在信中內容，那我會好好重寫，所以──就拜託你了！」

山內啪地雙手合十，低頭懇求我。

「之前的事我也會既往不咎！不，甚至如果你有什麼傷腦筋的事，我也會去幫你！」

「……如果你無論如何都要的話，我也是可以答應你。」

「真的嗎！」

「但是，誰也不知道最後會是成功還是失敗，這要取決於佐倉的心情，你了解這點嗎？」

「嗯，我也不是笨蛋，我很清楚機率不高。」

他自己心裡好像也非常不安，理解勝率就連一半也沒有。

實際上，佐倉的個性上對男性不是很積極。這麼想的話，機率便可說是十分絕望。即使如此，這傢伙也決心要在這個瞬間戰鬥，所以他才會來到這裡。

「……我知道了。我會親手把你的心意轉交出去，這樣就可以了嗎？」

這樣就沒有虧不虧欠他的問題了。

「綾小路……！你真是幫了我大忙！」

我握住山內伸出的手，他就像在拜神一樣，低下了頭。

既然都這麼決定，首先我得詳細檢查一下這封信的內容。如果考慮收件對象是佐倉，內容要是不寫得更加柔和，並把感情傳達出去的話，是不會達到效果的。

山內已經做好了覺悟，可是話雖如此，現在表白時間其實還太早了。在連互換聯絡方式都尚未確立的情況下告白，就只是在冒險而已。

假如要追求成功機率，就必須更穩紮穩打地追求她。但是，山內的行動應該也不是錯誤的。畢竟戀愛都是突如其來，世上也充滿許多從零開始的形式。

「首先是開頭部分——」

雖然我和山內一樣，戀愛經驗都是零，但最起碼我也來想個像樣的文章吧。

「啊，對了。讓我提出一個要求吧，我想在校舍後面聽她的表白答覆。」

「校舍後面？第二體育館隔壁？」

「對對對，這好像正蔚為話題耶，據說在那裡告白會很順利。」

那應該就像是「傳說之樹下」那種校園傳說吧。傳聞這種東西還真是會從任何地方湧現而出。

「原來如此，這是演出的一環啊。」

「這當然可不只是謠言。說到學生表白的話，就是校舍後面，這不叫經典還能叫什麼？」

我沒辦法把表白和校舍後方做連結，但我很清楚山內腦子裡正在想像怎樣的畫面。

1

距接觸目標人物佐倉的時間，剩下不到三十分鐘。她是用怎樣的心情答應櫛田的邀約呢？雖然只有她本人才知道，但她心裡應該很不平靜吧。

另一方面，我則是在預先約好的地點待命，並等待佐倉登場。山內是說不可以讓她等，但提前三十分鐘是不是有點太早了呢。我口袋中設成振動模式的手機響了起來。

「喂？」

『怎、怎麼樣？已經看到佐倉了嗎？』

「不，完全沒看見。再怎麼說不等到前十分鐘，她應該都不會出現吧？」

『這、這樣啊。唔——好緊張！』

山內在稍遠處向這裡揮手。

他好像不想讓自己的存在曝光，但大概是因為在意情況，所以才會想要守望著過程吧。

「欸，山內。由我負責交信真的好嗎？我還是認為你自己給會比較好喔。」

『我、我沒辦法啦，因為小時候的心靈創傷，我要是極度緊張手就會發抖。』

我想大部分的人處於極度緊張的情況下身體應該都會發抖……

「我明白你不想失敗的心情，但你要不要再考慮一下？間接交付的情書，具有真正的價值嗎？」

『哎呀，但這種模式應該很常見吧？——像是可愛的女生放學後被叫出去，她滿懷期待赴約，卻是一名與自己期待完全不同的醜男表白，而這就是那種感覺的逆向模式。我有請櫛田隱瞞是我約出她。換句話說，當她發現是你在等她，應該會先大失所望，但如果知道告白的其實是我，經由比較之下，勢必會提昇我的告白效果。所以，綾小路，你在交信時可別把我的存在告訴她喔。畢竟讓她誤會是你這種人告白會比較好。』

他嘮叨地說明作戰計畫，一點也不在乎針對我說的壞話。我不打算責備那種目的，可是他最好也考慮佐倉心情，這點不會有錯。

「即使她透過情書就可以了解是你，但我覺得被看不見的對象告白，可是很恐怖的呢。」

『那是……』

現在還有時間，也許我能讓他重新考慮。告白基本上只有一次機會，山內應該也不希望讓告白最後留下後悔。

「現在還有時間，我想你應該重新考慮，你不也為此親筆寫信了嗎？」

『是沒錯……唔——我應該自己去告白嗎……』

山內心裡似乎總算要得出一個結論了。

「……綾小路同學？」

我才在想背後傳來輕輕的腳步聲，接著就被這麼搭了話。

『是佐倉！剩下來就交給你了！』

山內才正要擠出勇氣，佐倉卻比想像中還早登場，於是他連忙掛斷電話。

就我立場來說，既然都碰上佐倉了，我也已經無能為力。剩下只要把山內委託的信件交給她就好。

「啊——呃，是櫛田叫妳出來的，對吧？」

「嗯，對，她說有些話想說……說是很重要的事情。」

她環顧四周，除了我當然不會有其他人影。

「其實是我拜託櫛田把妳約出來。」

嚴格說起來不是我，但在此讓她混亂也不是辦法。

「是綾小路同學你嗎？是、是這樣呀，太好了。平常我和櫛田同學也沒交集，我才在擔心是不是自己做出什麼事情惹她生氣。」

佐倉放下了心。她好像因為被櫛田約出來而相當忐忑不安。

我決定對這樣的佐倉拋出單純的疑問。

「話說回來妳還真早耶，距離約定時間明明還有將近三十分鐘。」

「那個……要是不先到的話，我會覺得很不安。」

佐倉不知所措地如此說明。

「但原來是這樣呀，把我叫出來的人是你，我真是鬆了口氣。」

佐倉好像打從心底放下了心。她鬆口氣之後，彷彿剛才為止的緊張感都抒解似的，恢復了平靜的表情。

「不過這是為什麼呀？如果你有事找我，明明直接約我就可以了。」

「啊——哎呀，一言難盡，我有很複雜的苦衷。」

「很複雜的苦衷是指？」

我該怎麼說明才好呢？這件事也讓我有點傷腦筋。雖然我已經充分學習了生物學上的男女差異，卻完全沒學過符合現實情況的應對方式。

因為那不只是兩性差異，也必須把佐倉個人的性格或者情感都納入考量才行。社會是由擁有智慧的人類構成，這同時也是其複雜、奇怪的一面。在我想東想西的期間，時間也不斷流逝。沉默拖得越久，應該就會越提昇她的戒心。

「其實啊……我是想把這東西交給妳，才請櫛田把妳找出來。」

山內交付給我的信——我為了交給佐倉而遞了出去。

「這是……？」

「我希望妳收下它，然後不要問得太深。我想妳看完內容就知道了。」

如果告訴她寄件者是誰，某方面就會減弱它作為信件的意義，所以我就如此隱瞞，把信交給了她。

「好、好的。」

我隱約感受到如罪惡感般的情緒，因此便撇開了視線。

對照之下，佐倉則交替看著我和信件，好像正試圖理解情況。

「信、信件……校舍後面……男孩子……」

收下信的佐倉凝視遠方，輕聲地嘟噥些什麼。

噢，但如果是這種說法，她很可能會理解成是我寫的信。那樣就糟糕了。

「雖然我隱瞞了對方的身分，不過我是受某人之託，妳只要看了就知道寄件者是誰。他的字雖然很難看，但好像是拚命寫下來的。」

為了避免意外發生，我如此好好事先補充道。

「啊、啊哇哇……這、這種事情是……啊哇哇哇！」

這是不是男生給我的告白信？——佐倉心中應該也萌生了這般猜測。她再度失去冷靜，視線望向一旁。

即使她在此開信閱讀，我也不知道如何做回應。總之，我還是盡早離開這裡吧。

「所以說，信就交給妳了。接下來妳只要好好決定和判斷就可以。另外，如果妳覺得很難直接開口，也可以傳訊息或者打電話告訴我。」

因為要佐倉當面答覆的話，她可能連ＹＥＳ或ＮＯ都無法好好說出口。這點小事我就幫她吧。

「這、這這這、這這這！」

「妳在學雞叫嗎？」（註：日文發音與雞叫聲相同）

「不、不、不是啦！這、這個是、情、情……」

「對，那是情書。」

「呀！」

「噢。」

我急忙撐住好像要倒向正後方、處境危險的少女。

「沒事吧？」

就我摸到她背後的溫度看來，她的身體好像非常燙。這大概是她始料未及的吧。
而且，她說不定正在思考自己是從誰那裡得到情書。
「那、那個……那個！」
她睜大雙眼，以驚人的氣勢起身。
我確認她靠自己的雙腳站穩，就放開了她的背。
「例如像是……堀北同學！她會不會生氣呢！」
「咦？堀北？」
那傢伙應該沒有任何理由生氣。堀北要是看見我代替山內送信，應該會傻眼地一邊嘆氣，一邊這麼說吧——「你又被捲進無聊事了，真是辛苦呢。唉。」
至少這不是她會生氣的事情。
我瞬間想，她是不是誤會是我在告白，但我在給信時有好好表示「雖然隱瞞寄件人身分，但自己是受人之託」。照理說不會弄錯才對。
「唔、唔哇……啊哇……」
然而，佐倉的臉卻越來越紅，她太過於緊張，甚至好像就快失去意識。
我不認為只是收下信件就會表現出這種反應。
她現在身處的情況，就像是眼前的男人捎來情書……如果是這樣，不管告白成功與否，也都難怪她會很慌張。畢竟我要是處在這種情況下，也很可能會陷入恐慌呢。這樣她會說出堀北名字的理由也就說得通了。

「佐倉，為了保險起見，我要再說一遍……那封信是我受別人之託，這點妳沒問題吧？」

我再次如此告知，佐倉的肩膀便震了一下。

「咦——啊，不是……你嗎……？」

「我剛才也說過了吧？我說我只是被人拜託轉交。」

「……也、也是呀，那種事情是不可能的呢……可、可可、可是，這個要怎麼辦！」

「什麼怎麼辦，妳只要看完，然後做出答覆就行了。」

我想自己應該很礙事，於是打算離開，但她不知為何卻抓住我的袖口。

「咦——！不行不行！這種事情，我……」

「妳至今沒被人告白過嗎？」

「沒有啦！」

佐倉立刻回答。她那麼可愛，感覺應該被很多人告白過就是了呢。

不過，這是因為我看著的是現在的佐倉。若是過去的那個她，也許就另當別論了。

「你能不能……陪我一起看這封信呢……」

說要陪她一起……不過這封信的內容，寫著我指示的文字耶。

如果佐倉自己看需要勇氣，我也不是不能幫忙……

可是山內大概不期望這種光景、這種畫面。

「能不能請妳先自己看信？我被委託信件，這也是我的責任。雖然這會對妳造成負擔，但我希望妳能理解。」

「嗯……」

佐倉看起來一點都不開心，所以我就稍微圓了場。

「那也可能是妳喜歡的人寫的喔。」

「已經沒有那種可能性了……」

「咦？」

「啊，不是！那個，因為我沒有心儀的對象！我、我會看看的！」

佐倉點了點頭，然後就稍微低下頭，朝著宿舍正面回去。

「怎、怎麼樣！感覺如何！她看起來很開心嗎！」

山內在遠處確認佐倉拿信件回宿舍，便飛奔而至，神情緊張地這麼問了我。我了解他想問各種事情的心情，但這樣的話，我真希望他一開始就自己去給。

「她還沒看，我想她接下來就會做出判決了。」

「別、別用判決這種恐怖的說法啦，我相信絕對沒問題的！」

「我就姑且問問，你的根據是什麼？」

「就是她在和我說話時的舉止吧？」

「舉止？」

「該怎說呢，她會很害羞地撇開視線，我想她大概很在意我，所以才會無法正眼看我——」

不……我想那純粹是因為佐倉不擅長面對人。

「還不只這樣喔，像是她在和我說話時，還會事後有點沉重地嘆氣。這就已經算是所謂戀愛的嘆息了吧？不是有那種東西嗎？像是想起心儀對象，然後『唉～』的嘆氣。我感受到那種如同徵兆一般的東西。」

我覺得那八成是她疲於搭理興致高昂前來搭話的山內……假如對方是自己心儀的對象，也許就是會連這種理所當然的事情都分辨不清。

2

在有點在意佐倉明天的答覆，正要準備睡覺的半夜——這時我的手機震了一下。

『醒著嗎？』

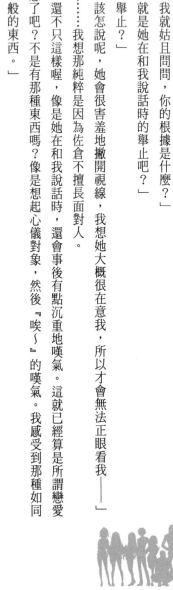

委婉且偏短的文字——是佐倉傳來的。

我暫時沒碰手機，而是盯著畫面，不過後續文字好像沒有要傳來的跡象。這可能是她預設我正在睡覺，而顧慮我的緣故吧。我打開聊天室畫面，表示已讀。

不久，她又傳來有點委婉的訊息。

『我吵醒你了嗎……？』

『抱歉，我在洗一些東西。沒事。』

我撒了小謊，這麼回答她。

『我明天五點必須見山內同學……在那之前，我能不能見你……？』

她傳來這樣的訊息。雖然我也可以拒絕，但佐倉沒有其他可以依賴的對象。

『你們預定在哪裡見面？』

『學校的校舍後方，和昨天一樣。』

雖然我已經知道地點，但我還是向佐倉確認完這件事實，才和她約定見面。

我不想讓佐倉太費事，所以約好同樣在校舍後方會合。

那麼，我就來睡覺吧。我速速做完該做的事，就關掉電燈，躺了下來。

手機這時又震動了。

『那個……抱歉呀，打擾你這麼多次。我們能不能講一下電話？』

她不安的模樣，即使是透過郵件文字也傳達了過來。我應該最好不要丟下佐倉就這麼去睡覺。我打電話過去，佐倉輕聲地接起電話。

「妳睡不著嗎？」

『嗯……一想到明天的事，我就不由得緊張……唉……』

她憂鬱地嘆息。就算隔著電話，她的不安也傳達了過來。她應該是在思考告白的答覆。

『我在想——自己對山內同學還真是一無所知……總覺得有點可怕……』

「這樣啊……」

『我發現喜歡上誰、討厭誰，這些都伴隨著相當大的責任呢。』

佐倉至今都和周遭保持距離、不去在乎。對她來說，這次事件的刺激應該太強烈了吧。

但旁人可以上前幫忙的範圍有限。

決定一切的是佐倉，接受事實的是山內。唯有這張關係圖是我不能夠去打亂的。這種事情連我這個戀愛新手都知道。無論「拒絕就好」或「接受就好」，我都無權給她這種建議，只能安靜地聽她說話。

『山內同學沒做錯任何事，我卻擅自地那個……覺得這樣很討厭。但是，我對於他願意喜歡我這種人也感到很抱歉……』

所謂戀愛一定就是件很麻煩的事情吧——我如此深深感受。

『……我一直在想這些事，結果變得不知如何是好……』

我想也是。就算隔著電話，我也知道她一直都很混亂。

『我會覺得……為什麼偏偏就是我，還會不禁覺得為何我就必須像這樣煩惱。』

她並不覺得開心，反倒是感到討厭，或說是困擾。

『綾小路同學，那個……啊，說不定我會問到不該問的……』

「妳儘管問吧。如果我能回答，就會回答妳。」

『呃……請問……你現在有在和誰交往嗎……？』

她不知為何鄭重其事地以敬語問道。

「不，完全沒有。現在就不用說，我至今為止都沒交過。」

『真、真的嗎！』

「妳的反應這麼開心，聽起來可是有點刺耳耶。」

我這男人連女朋友都沒交過。假如這件事能讓她高興，那還真是傷人。

『哇，不是，我並沒有打算說你壞話！只是因為這點和我一樣，所以我才會很開心！』

「我只是在鬧妳啦。」

『真是的……！』

我只是輕鬆地簡單回應，佐倉緊張的心似乎也緩和下來。

『那麼，那個……像是被誰表白、向誰表白這種經驗呢？』

她問得還真是深入耶。這也沒什麼好隱瞞的，所以沒差。

「和妳一樣，告白經驗是零。」

雖然以佐倉的情況來說，這次就算是會成為她值得紀念的第一次。

『這樣啊！』

她好像又開心起來了。我和佐倉以這種感覺，暫時熱烈聊著這種無聊話題。

不久，我感受到佐倉的睡意來襲，因此掛斷了電話。要是她可以放鬆地入眠，那就太好了。

我這麼想著，同時決定就寢。

3

我們約定的時間是下午四點。我在十分鐘以前抵達，發現佐倉早就掛著一張複雜的表情在等我。

她腦中應該正在做各種思考吧。她的模樣以秒為單位改變。

無精打采的表情、緊張的表情、擔心的表情。她心裡正在想些什麼呢？

「等很久了嗎？」

「啊。」

我一向佐倉搭話，她就慢慢抬起臉，拘謹地靠了過來。

要是和她搭話可以稍微減輕她的負擔就好了呢。

「綾小路同學……謝謝你願意過來。」

「這種事情不需要道謝。所以說，妳怎麼啦？」

「嗯……那個，是有關昨天我收到的信……」

「發生什麼事情？」

找平常會和山內見面的我，也應該就代表她心裡有些想法吧。

她好像有點抗拒說話，無法好好地說出口。

「妳別顧慮——」

當我打算由我這方開口，便看見數名學生朝著渡廊走了過來。我看見他們身穿運動服，應該和社團活動有關係吧。

「抱歉，我們稍微走動一下吧。」

「咦？啊，好的。」

剛才讓人看見也不是什麼好事。我像在避人耳目地走向校舍後方的茂密樹林。平常不會有人進去那個地方，雖然學生沒什麼機會看見，不過好像修整得很徹底。

不小心碰到提早來會合地點的山內也很麻煩，我還是及早把事情辦完吧。當我這麼想著，佐倉就一副感到不可思議地歪了歪頭，接著張開右手，仰望天空。

「怎麼了——」

我如此反問，隨後就知道佐倉那令人費解的舉止的理由。一滴水珠滴到了我的臉頰上。這若不是人為之物——

「下雨了呢。」

本以為天氣晴朗，突然間卻下起了大雨。這大概是暫時性的吧，不過雨勢遠比想像中還大，轉眼之間我的便服就被淋濕了。

「可惡，先回到渡廊吧！」

我帶著點頭應允的佐倉原路折返。淋雨的時間雖然連一分鐘都不到，但由於下了場傾盆大雨，佐倉的便服因而濕到不行，可以看見連頭髮都濕透了。

「真倒楣耶……妳沒事吧，佐倉？」

「我、我沒事，綾小路同學，你呢？」

「我也沒事。」

看著雨越下越大，我同時稍微嘆口氣。雨下的時機實在是有夠差。

「不嫌棄的話，就用這個吧。」

佐倉有些委婉地遞來手帕。這條手帕很眼熟，和無人島時借來的是同一條。

「我沒關係，妳自己用吧，會感冒喔。」

女孩子的身體都濕了，我可不能先擦自己。可是，佐倉卻踮起了腳尖，用那條手帕擦拭我的濕髮上的水滴。佐倉的香氣，隨著雨天的味道撲鼻而來。

「我其實很健康喔。」

她說完這句話，就替我擦掉了頭髮、臉頰，乃至脖子上的雨水。

「…………」

我不禁偷看了默默站在一旁的佐倉，隱約明白了山內的目的。現在正值暑假，雖然我們都穿著便服，但如果是穿制服的話，這說不定就會是片很壯觀的畫面。

儘管發生下雨的偶發事故，但這也能想成是一個刻意安排的事件。

天空突然下起雨，兩人急忙逃入屋簷下。

彼此聊著「雨真是下不停」這種話題……逐漸變得寡言。

然後，像是視線交纏、對方的氣息傳來自己耳裡——這些是男生動不動就會妄想的場景。然而，我剛才在腦海中不知為何卻一瞬間瞥見了那畫面。

或許那感覺就類似於山內期盼的事情。

「不知道雨會不會馬上就停……？」

「我剛才用手機稍微查過，這好像是陣雨沒錯，應該過一下就會停了。」

「這樣啊……」

「是說，抱歉啊。妳接下來有重要的事，我還讓妳淋得一身濕。」

「不會啦，沒事，那一點也不重要。」

佐倉斷言「那一點也不重要」，換句話說——

「我……該怎麼做才好……」

「什麼該怎麼做，妳只要按照妳感受到的回答就好。像是接受、拒絕，或是從當朋友開始。」

起步方式是因人而異的，不是我該去多嘴的事。

「當然，妳也可以保留答覆。不好意思的話，也可以由我去轉告山內。」

山內應該不期望這樣，但佐倉要是這麼希望，我應該也必須替她實現。

「……不，我要親口告訴他……我大概不得不親口告訴他吧。」

「是啊，那應該也是為山內好。」

「嗯，我知道了……我會去拒絕他。」

她在告訴山內之前，先把答案告訴了我。

「這樣啊。」

從至今為止的過程看來，我幾乎百分之百早已預料到。

佐倉親口說出這件事情，是很重要的。

「啊——嗚——那個……我認為自己沒資格去拒絕他人的心意、心情。他說不定會認為我自以為了不起……但是……」

不知為何，佐倉對於回絕這件事有強烈的罪惡感襲上心頭。

「妳沒有任何需要道歉的地方。基本上這是告白的人單方面的心意。照理說只有在喜歡那個對象的情況下才能答應，若非如此拒絕就不奇怪。絕對不會有什麼沒資格這種事情。」

我只有這點不希望她誤會，於是便如此強烈表示。

我想雨就快停了，山內很難講何時會出現。

「我最好回去了吧？我先回去嘍。」

雨勢還是有點大，但我打算回去，於是邁出步伐。

「不、不行！綾小路同學，你要是不在，我會變得什麼都說不出口……求求你……」

我的袖子又被她抓住了，還是緊緊握住。

「求求你……別丟下我一人。」

「如果妳如此希望。」

我簡短答道，再次決定留在屋簷下。畢竟我平時也受佐倉各種幫助。

大約經過十五分鐘，山內便前來此處，即使如此他也到得很早。

我從沒見過他表情這麼僵硬。

「你……你為什麼會在這裡啊，綾小路。」

「抱歉啊，佐倉沒有勇氣單獨見你，才拜託我也在場。別介意我的存在。」

就算我這麼說，山內應該也很不自在，可是他也只能轉換心情了。

他好像頓時感到很困惑，但仍拚命試圖把注意力集中在眼前的佐倉。

「久、久等了，妳看完我的信了？」

「嗯……那個……請讓我問一件事情……」

「妳儘管問吧……」

佐倉用力抓住裙子，像在從喉嚨擠出聲音似的說道：

「為、為什麼……是我呢？明明還有更多可愛的女生……」

「我就是喜歡妳啦！」

他尖著嗓門如此喊道，佐倉嚇得雙肩一震。

「抱、抱歉，我並沒打算要大聲……所、所以，妳的答覆是？」

對於笨拙的告白，回以笨拙的答覆。

因為我事不關己地聽著，所以才會不禁覺得——你明明那樣講，或者這樣講就好。可是對當事者來說，這是件緊張到心臟都要從嘴裡跳出的事件，腦筋沒辦法好好轉過來。無論如何都無法選出最好的選項。

「對……對不起！」

儘管眼眶有些泛紅，但佐倉還是在山內面前這麼說道，並深深低下了頭。

埋藏在山內心裡的最後希望曙光，在這個瞬間破碎四散。

「我、我……沒辦法回應，那個，你的心情……」

為了擠出這句話，佐倉究竟竭盡了多少勇氣呢？這是我初次見到的一種「戀愛」形式，但還真是不可思議，我居然近距離目睹了經過。山內一定也很不想在有外人的地方被甩吧。

雖然說是沒辦法，但我肯定給了他複雜的回憶。

「這樣啊……」

山內好像理解了意思，正拚命試著接受情況。

他和佐倉一樣，聲音微微顫抖，我對那副模樣笑不出來。

「謝謝妳啊，佐倉。妳還願意特地，那個，直接對我說。」

「再、再見……！」

佐倉無法忍受這個場面的沉重氣氛，她對山內深深低下頭，接著快步跑走。

「啊……」

山內無力地伸出手臂，但沒碰到佐倉。

我對於初次看見的戀愛結局，無能為力地默默站在原地。

山內忍下心裡的悔恨，不久便抬起了臉，看了過來。

我就像是個電燈泡賴在告白現場，他大概會來臭罵我一頓吧。

還是說，他會來遷怒我呢？

總之我預計他會拋來不平、不滿。

然而——

「真、真是丟臉耶，在朋友面前被女孩子給甩了。總覺得臉都快冒火了。」

他沒有責備我，而是說了這番話。

那張表情流露出被甩掉的打擊，但也不僅如此。

「哎呀——怎麼說咧，嗯……應該是覺得舒暢多了吧。」

山內的模樣似乎有點高興，他這麼說完，就站在我隔壁直盯著我。

「該怎麼說，我真是個笨蛋，一味給佐倉添麻煩，我總算有自覺了。佐倉也不喜歡我，但她為了不傷害我，還選擇了用字遣詞。我心裡真是充滿了罪惡感。喜歡上她是我的自由，可是我也學到了表達心意也是會產生責任。」

我不經意看見山內的肩膀，發現他的衣服是濕的。

換句話說，他早在約定時間前就一直待在外面。

說不定他一直在這附近想著告白的事緊張著。

「你沒有我想像中沮喪耶。」

「我很大受打擊啦，但應該說不至於到那種程度嗎？佐倉很可愛，我也很希望她當我女朋友。雖然是這樣想，但似乎不太對。該說我只是看了她的長相、身體，才會做出這種草率的行動嗎？我想，我其實沒有打從心底喜歡上她。如果她是我真正喜歡的女生，我想被甩的時候應該會更加受打擊，並且感到痛苦、悲傷、不甘心吧。」

我刻意什麼都沒說，而是靜靜聆聽了山內所有想要傾訴的話。

「所以——我這草率的戀情，就在今天結束了。首先，我要找到自己真正喜歡上的女孩子呢。」

看來山內好像因為這次被甩而大有成長。

「我很感謝你喔，綾小路。抱歉，把你捲入奇怪的事情了。」

「沒差，因為我們……是朋友呢。」

「這個就借你吧，你說過要我借你手機，對吧？」

「可以嗎？不是有附上如果告白成功才借的條件嗎？」

「這可是特例喔，不過你要馬上還給我。」

山內如此說完，就朝著佐倉離去的相同方向跑了過去。

回過神來，烏雲的縫隙間已經灑落陽光。

與別班的交流會

「今天還是好熱……」

我都不知道自己在這夏天裡說過幾次這句話。

天氣熱本來就是會很熱，所以也沒辦法。儘管說出來只會更熱，但我無論如何都不得不說。只在心裡嘟囔是無法徹底抒發壓力的。

會喜歡這酷暑的，大概就只有蟬了吧。

先不說這件事情，這次我被捲入了罕見事件。不過，雖然說是事件，但多數男學生要是知情，我恐怕會招惹他們的強烈反感。大概就是這樣的事件吧。

然而，該事件裡有個棘手問題……

算了，我還是一步一步慢慢說起吧。

通往學校的林蔭大道離宿舍有段距離，出了大道之後，前方有個休息處。現在我人就在那邊。這裡設置了好幾張長椅，以及數台自動販賣機。景觀也很好，早春等時期學生絡繹不絕，是個最適合休息或者閒聊的人氣景點。不過現在這裡空蕩蕩的，沒有半個人。因為天氣炎熱，現在應該可以說是有學生造訪還比較稀奇的淡季吧。正因如此，這裡作為密會地點是最適合的。

「久等了。」

我坐在長椅上，此時約定碰面的對象就從宿舍方向走了過來。

她好像覺得陽光很刺眼。她一邊遮擋直射日光，一面仰望著天空。

「好熱……」

D班學生輕井澤惠吐出和我完全相同的感想，並在我隔壁坐了下來，搖曳著長長的馬尾。她的打扮非常休閒，牛仔褲搭上襯衫雖然簡約，但完全沒因為假日就偷工減料的感覺。關於外表的一切，她應該都是精心搭配過的吧。這身打扮非常適合她。

女孩子不管天氣多熱，都還是會把打扮放在優先，所以很辛苦呢。

「百忙之中真是抱歉呢，這麼突然就把妳給叫了出來。」

「你是在挖苦我嗎？我暑假玩得太過頭，結果點數上都毫無從容了。我最近可都是待在房間裡面呢。」

「妳明天的計畫也是待在房間裡嗎？」

「要是沒錢什麼也都不能做，我大概會睡覺吧。」

她好像過著非常墮落的暑假。

「下個月就會有很多點數匯進來，妳還有上次考試結果的獎勵呢。」

輕井澤在船上舉行的考試中被選作優待者，也因為和我有合作關係，所以她才徹底隱瞞到最後。到了九月，學校預定會給輕井澤五十萬點作為成功報酬。

「也是呢，所以像是想要的衣服、裝飾品，我都已經先瞄準好了目標。不過呀，把匯進來的點數全都用光，真的沒關係嗎？留下來應該會比較好吧？」

「妳忍耐得了嗎？」

我稍微壞心眼地試著問問，輕井澤就股著雙頰瞪了過來。

「那……是不簡單啦。我覺得要是想花，一個星期都不用。」

輕井澤張開雙手扳起手指，喃喃道出想要的東西。兩隻手的手指在眨眼間全都扳完了。她到底有多少想要的東西啊？

「但我也不是什麼都沒在想，我很清楚個人點數是重要的存在。但作為學校的結構，這樣不是很奇怪嗎？特別考試上得到的點數，數字大得懸殊。而且應該說，周遭的人也都相當不知所措嗎？」

原來如此，看來這個疑問終於開始蔓延至一般學生們的心中。突然讓自己擁有鉅款，當然也會變得疑神疑鬼。會想學校為何要做這種事，接著領悟到——這些點數恐怕不只是為了私慾而使用的東西。

「是啊，畢竟根據學生情況不同，我們還會擁有一兩百萬的點數呢。」

「就是說呀，讓高中生擁有那些錢真的好嗎？那絕對不尋常。」

要在今後的校園生活中「存活」就會需要大部分點數。輕井澤也察覺了這點，才會變得不曉得可不可以花光。打個比方，就算犯下自己將遭受退學的失誤，只要擁有私人點數，其中甚至潛藏著可以作廢處分的可能性。

這麼想的話，作為保險手段，即使擁有好幾百萬點應該也都不嫌多。

「妳現在還不用想得太複雜，畢竟太過放眼未來而抑制住慾望，也是有害的呢。妳只要留下每個月進帳的一兩成的點數就夠了。」

要是不保持慾望和節制之間的均衡，內心的平衡會很容易崩毀。特別是要迄今都自由使用點數的輕井澤突然克制住慾望也不好。我是這麼判斷的。

況且，輕井澤的私生活忽然發生劇變，也不知道會給周圍帶來什麼影響。

至今一路揮霍的少女，要是突然成為節約之人，班上似乎也會出現懷疑的聲音。就算她和我之間有聯繫，現階段我也想盡量不讓周遭知情。

「那麼，我有事想拜託妳。」

「……在這種熱天把我叫出來，對此你就沒有像是表示歉意的東西嗎？」

「這個行嗎？」

我遞出買來但還沒喝過的瓶裝茶。

她好像很不情願，而勉強收下。

「這不都有點溫了嗎……」

「在這種氣溫之下也沒辦法。」

據說地方之中最炎熱的區域還高達四十度以上。我光是聽數字就覺得很熱。

儘管看起來不服氣，但她好像很渴，還是轉了轉瓶蓋。

「唔……這瓶很難開耶。」

「沒中獎？我想茶是不會附上什麼抽獎活動的呢。」

「這笑話可不有趣喔！我是指瓶蓋很難打開。」

原來如此……這確實是個很不好笑的誤會。（註：原文兩者同音）

我伸手收回飲料，就稍微轉轉瓶蓋，交還給輕井澤。

「謝謝。」

經歷船上那件事之後，我和輕井澤之間縮短了距離。這在過去是無法想像的，不過我們現在變得能夠進行對話了。正因為其中原委不太好，她大概也對我懷有強烈的不滿，抑或是不信任感吧。然而，她沒有明顯表現出來。

這傢伙很熟習於控制自己，只要是為了守護自己的立場、自己的存在，無論在怎樣的環境下都可以適應。

「明天也就是暑假最後一天，有個朋友向我提議要創造夏天的回憶。」

「夏天的回憶？這所學校可是連煙火、祭典都沒有耶。」

「這間學校有很大的游泳池，對吧？平時都是作為游泳社專用的設施，妳知道那裡現在開放了嗎？」

那裡比上課用的游泳池更加遼闊，還備有充實的設備。只有暑假最終日的前三天，會以類似市民游泳池的形式開放讓所有人都能利用。由於第一天有大批學生成群湧入，學校還因此突然加入規定，限制三天裡一人只能入場一次。第二天的活動也已經在剛才結束，今天似乎也是熱鬧非凡。

「啊……說起來是有這麼回事，因為我對游泳沒興趣呢。」

學校的游泳課程，輕井澤都會固執地以身體不適為由，不斷請假。學校採取點數制度，所以很難蹺課，但校方也追究不了學生個人身體不適，特別是女性獨有的不確定要素問題，因此不只輕井澤，固定一群女生都會不斷拒絕參加課程。不想游泳的理由當然因人而異，身體不適、旱鴨子都是無從查證，但最根本的理由，其實多半都是討厭游泳、不想讓同性或異性看自己的肌膚，或是因為身材不好。然而，唯有身旁的輕井澤，她的情形有點不一樣。

輕井澤大概是對泳池話題有什麼想法，而心不在焉地望向別處，喝起了茶。

她以前受過同年級學生的嚴重霸凌，側腹附近受了很深的傷。該傷痕現在也慘不忍睹地留著，要是讓人看見，免不了要受到矚目。

「妳喜歡游泳這件事本身嗎？」

「嗯——……不討厭。我已經好幾年沒游，說不定連游泳方式都忘記了呢。」

她含糊地如此答道，但我看得出來，這不是輕井澤的真心話。

「所以，也就是說，男生們說要在那個泳池創造回憶？那純粹只是以色情為目的吧？」

我無法否認這點。倒不如說那種理由的動機，純度應該是百分之百。

「這和我有什麼關係？」

「在這之前——我有個疑問，校方真的不知道妳遭受霸凌的事實嗎？」

「啥？」

輕井澤到剛才為止都表現著與她很不相襯的端莊舉止，現在她明顯地露出覺得我很莫名其妙的表情。她面向我這裡狠狠瞪過來。我直直地看了回去。

「你很清楚我不喜歡這個話題，對吧？」

「我不是在無意義地揭妳舊傷，這關係到接下來要說的事情，所以我才會問妳。」

「可是……」

對輕井澤來說，這個問題也非常重要吧。她不會輕易表示理解。然而，在我嘗試說服她以前，她好像就已經讓自己接受。

「……我知道了，我會相信你說的話，這一定是有意義的吧。」

她好像奮力消化掉自己心底的芥蒂，接受了此事。

「我受到霸凌的事實——要說校方知不知情，他們肯定不知道吧？學校應該知道我不去上學的時期，及國中時的請假天數多長，但他們也全都以病假、蹺課這種理由去理解吧？啊，然後因為遭到霸凌根本沒辦法上課，還有腦筋不好之類的——我應該是因為這樣才會變成D班吧。」

她摻雜了些許自嘲回答道。輕井澤被編到D班的理由，大致上應該就如她所推測。我應該將此視為出席率、學力之低，這些易懂的負面觀感造成的影響。這傢伙是從擺脫霸凌的高中生活開始才擺出傲慢的態度。我不認為她是因為遭受霸凌才被編到D班。

「也就是說，就算學校進行調查也沒弄清楚妳遭到霸凌？」

「這世上可是迂腐得很，這點事你也很清楚吧？」

「是啊……」

「我確實長年受霸凌所苦，也曾向老師或同年級學生求助，但下場就只是折磨自己而已……我沒有從受害的現實中獲救，豈止這樣，霸凌還不斷地惡化下去。」

這就是霸凌問題根深柢固之特點，它有容易不斷陷入惡性循環的傾向。

多數人只要看新聞，就算不願意，也會深有所感吧。感受到霸凌無法以單純的方式順利解決。就算海浪暫時退去，下次還是會有更大的浪濤襲向被害者。

「無論變得再怎麼身心俱疲，學校都不會輕易承認那是霸凌，也不會想來幫我。頂多只會稍微勸戒霸凌者，接著霸凌又會變得更過分。不是嗎？」

很遺憾，不過確實如她所言。霸凌者會更嚴厲責備——妳為什麼要跟學校打小報告？妳到底居心何在？如果學校認定這就是霸凌，世界上多數霸凌也都會在校內私下處理，不會公諸於世。即使受霸凌者留下遺書並自殺，甚至會有學校堅決不承認事實。

然而，最殘酷的是就算輕生也不會獲得救贖。霸凌者會侮辱死者、把死者當嘲笑對象，甚至也有人在社群網站上，將事情如英勇事蹟般發表出來。這時代就算死後也會持續遭受霸凌。

「學校及霸凌我的那夥人，甚至就連慘遭霸凌的我，都沒有承認霸凌事實。我只能回答他們是感情要好的同學。我不管遭遇多麼殘忍的現實，都只能這麼回答。」

「就是這麼回事喔。」輕井澤事不關己似的說道。對輕井澤來說，那也是無法改變的過去。事實上，這間學校應該徹底調查過了輕井澤的內情。然而，他們做出的評價卻是——她是不認真、愛請假的笨學生。

假如不只是整間學校，連周圍的人也全部串供，那就沒辦法了。

這麼一想，或許就不會有事實勝過那個謊言。

「不過，我很感謝那些一直欺負我的人，還有隱瞞那些事情的學校。」

回憶起苛刻的過去，就算流淚也不奇怪，但輕井澤卻說出這些話，向前邁進。

「這裡的任何人都不知道我的過去。正因為這樣，我才能得到全新的自己。假如現在周圍認識的是那個曾經受霸凌的我，情況一定不會變成這樣。」

她憑自己的機智，藉由討好受人愛戴的平田，改變了最糟的情況。

「輕井澤，我也很想坦率地稱讚妳，不過我要先告訴妳，今後禁止做出參加霸凌的舉止。」

「啥？你說我有欺負誰？」

「平時強勢是無妨，但最近妳對佐倉態度強硬。那傢伙很明顯不是會欺負妳的女生。就算妳是為了不成為受害者，但也不要當個加害者。」

我如此叮嚀道。

不論輕井澤擁有何等過去，有些事情可以容許，但也有些事情不能容許。

「佐倉同學呀……？因為她愛慕你，所以你才想幫她嗎？」

「這需要理由嗎？妳應該很清楚受欺負那方的心情。」

「現在的地位對我來說就是命脈，我不想貿然失去。雖然對佐倉同學很抱歉，可是也有強者是因為弱者的存在才成立。特別是我這種虛假的強者。」

若要遭人欺負，我寧可欺負別人——雖然只有一點點，不過我看出了這種覺悟。

「我是為了佐倉，畢竟我受她好幾次照顧。」

「……哦，你老實承認了呀？」

輕井澤的眼神沒有流露出不服、不滿這類情緒，只有呈現出心裡的疑問。

「雖然我感受不到這些話的分量……不過我明白了。我下次會注意，這樣就可以了嗎？」

「妳這麼懂事，我就輕鬆了。妳已經利用平田充分確立現在的強者地位，立場應該不會變得危險。」

「我本身確實做得有點太過火，或許已經成為加害者了呢。」

如果她可以如此客觀地看待自己，我就不用擔心了。

「但是，萬一我的立場變危險……」

「屆時我會全面支持妳。如果有必要的話，我也會拉攏平田、茶柱老師來排除妳的敵人。我和妳約好了。」

「嗯……那麼就一言為定。」

輕井澤在本質上原本就不是會採取暴力、威脅手段的人。她本人也說過，她會扮演這樣的自己，也不過是為了保護自己。長年受欺負的人，通常無法輕易變得善於社交，但這傢伙擁有不把那當作是痛苦的強韌心靈。我在她不屈服我的威脅時便確信了這點。

「這是為什麼呢……」

「妳指什麼？」

「哎呀，這個嘛。我不想回憶起過去，也以為自己絕對不會告訴任何人，可是卻對你說了出來，還意外地平靜。我覺得很不可思議呢。」

她自己好像也不知道是為什麼。當然，我也不曉得理由為何。

「我也可以問一些事情嗎？現在是你的真實面貌嗎？」

輕井澤是班上唯一看過我雙面性格的人，她有點戒備地如此問道。然而，沒想到這問題的內容是我要去思考的，我不自覺地雙手抱胸，煩惱起回答方式。

「我平時都是用真實面貌耶。」

「根本就完全不一樣嘛。」

沒錯。換言之，嚴格說起，那不是我的真面目，但那又和假裝性格有些不同。

「作為參考我想問問。平時的我和現在的我，具體上有什麼不同？」

「該說平常你很陰暗嗎？是個陰沉、不說話的傢伙，但該說現在卻很積極嗎？感覺性格相當爽快。應該算是因為完全相反，所以看起來更加突出？而且講話語氣也不一樣。你到底有何居心呀？」

「什麼有何居心……應該說純粹是因為附近沒人的差異吧？」

如果要摸索最接近的答案，那就是這樣。可是也有點不自然。

老實說，我這個個體、這個人才「剛誕生」。那是我入學這所學校的瞬間才形成的東西，目前仍處於液態，還要花時間凝固。

尤其是與人的相處方式、語氣，我還不知道怎麼做才正確。

「總之，我認為我一直都在做自己。」

「看起來完全不是這樣，所以我才會問你。」

輕井澤瞇眼盯著我，不滿地嘟嘴說道。

「現在先進行剛才的話題吧。關於我這個人，妳只要今後再去觀察、判斷就好。」

「總覺得話題好像被岔開了呢……你繼續說泳池的事情吧。」

「明天以我為首，再加上池、山內、須藤這四人，還有堀北、佐倉、櫛田，我們約好要出去玩。」

「又是個不正常的組合呢。尤其還出現堀北同學和佐倉同學。這應該是因為你在的關係吧？但該說真虧她們會答應嗎？她們應該會被男生瘋狂視姦吧？還請她們節哀。」

若是普通地邀請，想也知道女生陣營絕對不會來。這部分是非常麻煩的要素，我也很明白輕井澤會感到突兀。

「總之，我希望妳去游泳池跟那個團體會合。」

「啥？這……你是認真說的？」

她平常和這個團體沒交集……不，硬要說的話，輕井澤和他們處在交惡狀態，要是參加會很不自然。

「妳在宿舍把泳裝穿在衣服裡再去就好。妳應該多少會不願意，但回程只要比照辦理就沒問題。」

「不不不，不是這種問題，我可是超不想要的耶！」

「要我理解妳的心情也是可以，不過最後妳還是無權拒絕。」

「唔哇……真差勁。」

「妳再怎麼對我說，這都是既定事項，因為我要請妳按照指示行動。」

我這麼說完，就強行遞出手寫的便條紙。

「我對妳可是有最起碼的體恤。」

「什麼最起碼的體恤啊？我可是要被綁住一整天耶，還是在暑假的最後一天！」

「反正妳的計畫就是在房間裡睡覺吧？沒什麼問題。」

那是她本人說出口的，所以她也無從否認。

「我希望妳和這群人會合，但不是叫妳參與。」

她看起來不懂意思，而細讀著便條紙。

「你說會合和參加有什麼不同……？」

「那是——」

我決定向輕井澤詳細說明召集她的理由。

輕井澤聽完好像有些頭痛，因此抱起了自己的頭。

「怎麼啦，頭痛起來了嗎？」

「當然頭痛，誰教那些傢伙……算了，沒什麼。反正就算問也沒意義。」

她彷彿就像在說——就連聽見這種事，都是在浪費腦容量。

「你去拜託堀北同學不就好了？你們關係很好吧？」

「我無法拜託那傢伙，那傢伙不知道我像這樣在背地裡行動。」

「咦？為什麼呀？」

這是當然的疑問，但要解除這項疑問有點困難。隨便岔開話題明顯才是正解，不過，我決定要再更靠近輕井澤一些。

「在船上接觸妳，以及這次事情，全部都是我獨斷的行為。不說出口的理由，是因為我還沒信任那傢伙。」

我毫無虛假地老實說出一切。

「你們那麼常待在一塊，說不信任還真奇怪。」

「那傢伙作為我的偽裝可是很優秀呢，因為她會自顧自地變得顯眼。」

「那麼，也就是說，你只是在利用她？」

「這表達方式不太確切，但或許在這情況下算很確切。」

「嗯？我不太懂……不要偶爾就摻進會讓人覺得很突兀的發言啦。」

她「噫——」地露出潔白牙齒，對我表示抗議。

「……但你的計畫很順利，對吧？我至今也以為一切都是堀北同學想出來並且展開行動的。說真的，你到底是何許人物啊？」

在輕井澤心裡，我的存在看起來應該很不可思議吧。

「哎，算了。我比堀北同學更受信任也不是壞事。」

沒錯，這方面是不會有錯的。正因為輕井澤擁有勝過堀北的特質，我才會向輕井澤表示自己沒告訴堀北。

「我只要乖乖遵從並執行就可以了吧。」

「好，既然都這麼決定了，關於這件事情，接下來我想請妳稍微陪我一下，可以吧？畢竟要是不預先準備好就會無法應對。」

「反正我又沒權利拒絕。了解。」

「要趕快辦完喔。」輕井澤這麼說，就站起來拍拍屁股上的灰塵。

即使是我也不想浪費寶貴的時間。我和輕井澤一起前往泳池設施。

1

事情要追溯到和輕井澤互動的前一晚。

當我正在自己宿舍房間盡情享受所剩無幾的暑假，老樣子身為笨蛋三人組代表人物的池傳了訊息到群組裡。

『暑假沒做任何青春的事情就這麼結束，你們都無所謂嗎？』

他突然說出一句感覺深奧，又像是什麼也沒在想的一句話。

池在還沒有任何人回覆這句話之前繼續說道：

『就算一年級寶貴的暑假，以什麼青春事都沒做的形式結束，你們也都無所謂？』

他再次稍微改變文字傳了過來。

『不，這樣可不好。』

不久，山內響應這些文字，贊同似的這麼接話。

對剛歷經失戀的男人來說，新的青春應是不可或缺。

『我也是，我也想要謳歌青春。』

須藤也接著附和。就算社團活動充實，他也想談戀愛。

『那麼，我們就應該展開行動。就算乾等青春也不會自動上門，現在正是成為肉食系男子的時刻！』

追尋青春是沒關係，但你們打算怎麼去得到它呢？

『你有什麼好辦法嗎？』

池應該就是在等人這麼問他吧。他隨後寄來長長的文字。

『我當然有點子！現在游泳池有期間限定開放，對吧？我們要邀請出眾的女生們去那裡游泳！像是我的小桔梗啦、春樹的佐倉啦，還有健的堀北！』

池提起山內不願被提起的舊傷，同時還講出班上其他優秀女孩的名字。

『鈴音會去的話，那我也想去。你覺得那傢伙會來嗎？』

『綾小路大師應該會替我們想辦法吧！對吧？』

我無法輕言說出自己做得到。

『你會替我想辦法吧？你是我的朋友對吧？』

須藤傳來沒附貼圖、恐嚇般的一句話。只有這種時候他才會自顧方便利用朋友這個名詞。

『我盡量試試，別對我有過度的期待。』

我只有這麼回答，就暫時中止聊天，試著稍微打給堀北。我會乖乖答應須藤的請求，是因為對我來說，我也想要邀請堀北。

尤其現在堀北在班上的風評也開始上升，效果應該很值得期待。

『有什麼事嗎？』

「沒事就不能打給妳嗎？」

『我要掛嘍。』

「等等、等等，我有事要說啦。其實我朋友們提到明天要去游泳池。所以，我才想約約每天都泡在房間裡讀書的妳。」

『你所謂的朋友們就是指笨蛋三人組吧？我不怎麼想和他們共同行動呢。』

她又提起令人懷念的稱號……

『我拒絕。』

「如果是和我單獨的話，妳願意過來嗎？」

『我同樣拒絕。』

說得也是——

不過，唯有這次，我還有些祕密絕招。

「水壺。」

我感受到電話另一端的堀北，她的態度、氣氛都因為這字眼有所改變。

「總覺得……水壺這字眼好像在腦海裡揮之不去耶。」

『……你在說什麼？』

明明乖乖服從就好，堀北卻打算抵抗，徹底佯裝不知。

「就是手臂卡進水壺，還是什麼的吧，對吧？」

『真是種會流露出你個性的討厭口氣。』

堀北被迫理解話中之意，好像非常不滿。

「妳若是能坦率點，我可是會很開心喔。」

『明天幾點？我要怎麼做才好？』

堀北也是有不得不守護的事情。她應該絕不想讓人知道那個水壺事件。我預計若是為此，她應該也會去自己一點都不想去的游泳池。

「早上八點半在大廳集合，預計傍晚解散。」

『我知道了，但下次你若用相同話題來敲詐我，我可不會原諒你。』

「呃……喔。」

我也無意三番兩次利用那件事情動搖堀北。這次與其說是威脅，不如說主要用意是要她報答我在水壺事件上幫助了她。堀北應該也了解這點。

『我邀到堀北嘍。』

『幹得好，綾小路。你躲開了一記水泥地上的德式背摔。』

……看來我剛才好像碰上會失去性命的危機。

『也幫我去邀佐倉吧！拜託啦，綾小路！』

山內上次才剛被甩，卻傳來這樣的群組訊息。

我隨後也收到山內的一對一的訊息。

『我想要隱瞞自己被甩的事情！幫幫我吧！』

那是一則寫了這般背後心聲的悲傷訊息。他好像還想在表面上維持喜歡佐倉。

假如佐倉參加的話，男生們也會再興奮不過吧。然而，她應該不是那種會輕易參加的女生。

佐倉是個很認真的女孩，但她和輕井澤她們部分人一樣，總是沒參加游泳課。她的胸部比一般人的發育好上一倍，不僅是同性，還會強烈吸引異性的目光。

再說，要和自己剛拒絕的告白對象待在一起，她應該也會很辛苦。

希不希望參加就另當別論，但我心裡正想著至少先問問看她。

2

轉眼間就到了約定的日子。暑假最後的活動開始了。

現在時間是約定好的八點三十分。我下樓來到大廳，成員幾乎都已經到齊了。

「你差點就遲到了。」

「距離約定時間……還有十秒左右吧。」

「要是電梯使用狀況很擁擠，你就遲到了。」

我明明就沒遲到，堀北還帶刺地調侃我。這大概是強行約她才產生的類似副作用的反應。再加上，這傢伙應該是覺得這場面的氣氛很麻煩。我了解她想遷怒的心情。如果成員是櫛田、佐倉，還有池、山內，她也沒有像樣的聊天對象，所以這也無可厚非。

「早、早安，綾小路同學。」

「早安，佐倉。」

佐倉雖然有點害怕，但還是來露臉打了招呼。山內讓自己不去意識佐倉，即使如此還是不知不覺很在意。佐倉好像也有點不鎮定。

我就先記著當作參考吧。記住告白與被告白不光只有喜悅，事後也會有麻煩纏身。

「須藤呢？」

「畢竟是須藤，他八成睡過頭了吧。」

集合時間過了，須藤卻沒有要過來的跡象。昨天為止他好像都在社團活動上拚命練習，身體應該也累積了不少疲勞。沒有人打算聯絡須藤，我因此採取起行動。

「不行，電話不通。」

我試著打了過去，但電話聲只是不停響著，也轉接不到語音信箱。我掛斷電話，告訴周遭這個情況。

「須藤那傢伙在搞什麼啊？已經八點三十分了耶！我們要是不快點，就無法搶頭香了！」

池很焦躁，邊抖腳邊看著電梯，但電梯依然沒有跡象要運作起來。

「好、好吧，我去叫他起來床。」

和佐倉之間籠罩著奇怪的沉默，很不自在的山內這麼說完，就去搭了電梯。看不見的沉重氣氛突然間就淡去了。

「他發生什麼事了嗎？」

堀北好像也感受到山內的變化，如此輕聲問道。我思考該如何回答，而搔了搔後腦杓。

「一言難盡耶。」

結果我還是放棄說出來。山內和佐倉也不樂見事情傳開吧。

「咦——？這不是堀北同學那群人嗎？早安——」

當我們正在大廳等待須藤抵達，一之瀨和三個女性朋友搭電梯下了樓。她手上提著沒看過的鮮豔塑膠背包，裡面露出了浴巾。

「難不成你們也是要去游泳池？」

「就是這麼回事呢。」

暑假的最後壓軸是到泳池玩。即使我們的目的重複也不奇怪。

「難得有這次機會，我們就一起玩吧？怎麼樣呢？」

「當然歡迎！」

池飛起似的從沙發站起，以示歡迎。堀北這次好像沒打算插嘴，什麼話也沒說。

「不過抱歉啊，有人睡過頭，我們正在等他下來。朋友現在去接他了。」

「了解！」

3

須藤就像鱷魚那樣張著大嘴打呵欠，大力搔著睡翹的頭髮。

「抱歉啊，我睡過頭了。我好像在社團活動中累積了不少疲勞。」

「別對我說。」

須藤在堀北隔壁道歉自己睡過頭，卻被堀北厭煩似的對待。他們之間好像還沒拉近距離。另一方面，臨時加入的一之瀨小組則是以櫛田為中心聊著天。

「欸，綾小路同學。」

堀北和我之間夾著須藤，她向須藤身旁的我搭話。須藤像是覺得沒趣似的瞪來一眼。

「你不覺得情況有點奇怪嗎？」

「妳是指什麼？」

「就我認識的池同學和山內同學，他們在這種時候應該會比任何人都還得意忘形吧？」

須藤也因為這個銳利的著眼點，而瞬間僵住身子。他人就在我們中間，因此堀北沒漏看他這副模樣。

「你有什麼頭緒嗎，須藤同學？」

「沒什麼啦……」

須藤這麼打哈哈，堀北豈止是消除不信任感，好像還加強了戒心。池和山內正一臉僵硬，肩並肩走著路。

「我只能想成是有什麼可疑目的……」

「再說……」堀北也注意到池拿著的背包。

「要帶的東西明明應該只有毛巾、泳衣，那袋看起來卻相當沉重呢。」

比起包含我在內的其他男生，池提的包包看起來好像更具重量。

「是嗎？我看不出來耶……」

「你說看不出來？即使看見那種狀態？」

堀北對行李搖晃幅度、手肘的伸展情況感到疑惑，是有其根據的。

「應該是打算去游泳池大鬧一番吧？像是放了那些道具。」

我像在替須藤圓場似的如此說道。須藤順著我這番解圍矇混了過去。

「嗯，是啊，我認為是這樣。」

「是嗎……或許確實如此呢。」

經由她每天的觀察，笨蛋三人組好女色這部分，都已經徹底敗露了。

難怪她會對出奇安分的三人感到異樣。

然而，那裡其實有很深的理由。現在極度的緊張感正襲向這三個人。

不是因為正被美少女群簇擁，也不是因為接下來能看見泳裝打扮。

我就在此改變話題，蒙混過去吧。

「須藤。」

「怎、怎麼？」

「是說，社團活動的成果，你已經有點數收入了嗎？」

「啊？嗯，我因為在大賽上的貢獻度，有收到一些點數。話雖如此，也只有三千點而已。」

「這也沒什麼好驕傲的。」須藤表現得很謙虛，但堀北聽著這些話，率直地表示佩服。

「你因為個人的活躍，而得到個人點數了啊。」

「……嗯。但是也有幾個二、三年級學長得到好幾萬點，所以我還不能得意忘形呢。活躍程度只要越大，也會影響到班級點數。我可是打算在第二學期開始表現得更加活躍。」

須藤單手用力比出勝利手勢。

堀北對於須藤完成自己辦不到的事情，坦率地表示敬意。

「說不定你對班上帶來巨大貢獻的日子也近了呢。」

事實上，我也有這種預感。只要沒發生任何事端，須藤對班上就會是加分存在。

話雖如此，但相反的，這也不是沒有讓人擔憂的要素。其中就是須藤很容易樹敵這點，而我應該必須一併看好擁有相同傾向的堀北。

我們動身前往附設在學校一旁的游泳社專用「特別游泳設施」。

校方體恤學生，不用刻意穿制服也可以進入該區。今天是最後一天開放，所以游泳池好像熱鬧不已。時間還是入場前，場外就已經有許多學生，氣氛熱鬧非凡。不過，這不愧是新型的新設學校，就連更衣室都有各別為各年級準備。雖然我們平時不會踏入這一區，不過遵循親切的導覽看版，我們沒有迷路就進到了裡面。

「那麼各位，二十分鐘後在這個地方集合。」

一之瀨指著通往游泳池的走廊這麼說道。有統籌角色在還真是幫了大忙。

「哈啊……哈啊……」

女生們消失同時，池興奮地喘起氣，並且快步跑了起來。

我了解他的興奮之情，但是你現在在此進入那種狀態可不好。

我們最早抵達更衣室。我拍了拍池的背後，催促他進去。

進到更衣室，池和山內就一溜煙跑去占領最裡面的置物櫃。

「欸、欸，各位，對我們來說，今天將會成為很特別的一天，你們沒有這種預感嗎？」

「嗯，我們要比班上、比這間學校的任何人都走得更前面！」

池和山內用超越悄悄話程度，感覺很引人注目的大嗓門說著話。

須藤看不下去這種情況，於是便以左右手對兩人頭部施展頭蓋骨固定技。

「唔！你幹什麼啊，健！」

「你們太吵了。我知道你們興致勃勃，但引人注目很危險吧。」

「……對、對耶，抱歉抱歉……痛！」

須藤像在教訓兩人，讓他們的額頭相撞。雖然有點強硬，但這是不錯的方法。

「沒想到你還真冷靜耶。」

「我原本就沒那麼期待，再說也是喜憂摻半。冷靜想想，這大概也會是一件讓鈴音傷心的事吧。我也不想讓那些傢伙看見鈴音沒防備的模樣呢。男人就要用自己的力量把女人追到手。」

這份心意是正確的。可以的話，我還真想讓他們兩人效仿這點，但是對池和山內來說，他們腦中現在應該就只有眼前的性慾。

我確認手機，發現收到輕井澤說進了更衣室的通知。

「是誰傳來的啊——」

池紅著額頭，用懷疑的目光探頭窺視我的手機。我迅速藏起。

「看樣子是女人，對吧？」

「我看起來受歡迎嗎？」

「……說得也是。好，來換衣服吧！攤開毛巾、攤開毛巾！」

我很希望他肯定我一下，但我還是先把這件事放在心裡吧。

對池他們來說，最後幸運是否造訪，他們也只能去賭一把了。

4

「這裡已經完全是娛樂設施了耶……」

大型泳池設施平時都使用於社團活動，而且還是正式練習，唯有今天樣貌截然不同。這裡學生眾多、喧鬧不已就不用說，四處還設了小攤販，賣著許多普遍認為是攤販基本款的輕食——換言之，就是在賣垃圾食物，例如像是熱狗、炒麵、大阪燒等等。

我對這點本身就很驚訝了，但不可思議的是，營運攤位的人竟然好像都是高年級學生。從面無笑容拚命工作，到看起來開心工作，形形色色的人都有。看起來簡直就像是場特別考試。

「這究竟是怎樣的機制呢？」

雖然我不清楚這點，不過，總之唯一確定的好像就是這裡洋溢著祭典的氣氛。當我正放空等著女生們的到來，發現周遭的氣氛為之一變。

人要受到正向的矚目，基本上都需要付出努力。

簡單來說的話就是課業表現，只要像是獲得首席、在模擬考拿下第一名，周遭就會予以關注。

不過那也是有例外的，其中之一就是出眾的外表。不管是帥哥還是美女，這類人都會比上述舉出的例子還容易引人注目。當然，我不能說其他人都沒在努力打理儀表，但那果然也是無庸置疑的特別要素吧。

我無從得知別校的情況，但至少可以斷言這間學校學生的顏值很高。別說是與我共同行動的團體，就連附近很多不認識的學生，他們的外貌水準都明顯很高。

我當然無法否認這間學校裡有各式類型的學生，但通常來說，不會有這麼多帥哥美女雲集在同一間學校。池他們會每天感到興奮、興高采烈，要說理所當然，應該確實也是理所當然吧。

要是外表出色，外加內在也完美，那又會怎麼樣呢？既長得可愛，給人又印象極佳，身材、課業上都無可挑剔——任何人都會忍不住被那種女生奪去目光吧。

走廊籠罩在一片嘈雜，站在那裡的男生幾乎都同時望向同個地方。

「哇——真是人山人海——」

一之瀨沒有察覺這些目光，就這麼一面受眾人矚目，一面現身於會合地點。

「嗨……」

我不知道眼睛該往哪裡擺，所以就面著牆壁，稍微舉手回應。

「其他人呢？我還以為男生動作會更快呢。」

「還在換衣服。」

那些傢伙也可以說是因為種種緣由才晚到。

「話說回來，妳換衣服還真快耶。」

想到時間和我沒差多久，就覺得她速度相當快。

「啊哈哈，我對換衣速度可是很有自信的喲。」

她有點得意的回答這種不值得驕傲的事。這種天真無邪之處，或許也是一之瀨受歡迎的祕訣呢。

「哦？綾小路同學，你買了防曬泳裝呀？」

「妳或許會覺得我明明是男生，為什麼要遮遮掩掩，但我不喜歡在人前露出肌膚呢。我聽說可以在非上課時段使用，所以就果斷買了下來。」

「這樣啊、這樣啊。我覺得這樣也好喲，畢竟這也沒有違規。」

儘管人數不多，不過設施裡也有男學生像我這樣穿著上衣。

一之瀨突然注意到我這裡，接著就豎起食指，隔著上衣戳了我的肚子。

「相當結實耶。而且，該說這是沒有多餘肌肉的理想纖瘦肉質嗎？」

戳戳戳戳——她毫不客氣地摸著我，甚至對我的上臂和肩膀都不斷重複這項動作。幸好我有足夠的臨時收入買下上衣。我要先感謝葛城。

「你有在運動嗎？」

「沒有，這應該是因為上衣的材質，或者純粹是我的肉比較結實吧？因為我平時都運動不足。」

「哦——……？」

一之瀨將視線落在我腳邊，就立刻停止了發問。

話雖如此，一之瀨要是這麼近距離接觸我，我的注意力可是會跑到那對凶惡——不，那對豐滿的胸部上。如果在這種狀態下游泳或者賽跑，結果究竟會變得怎麼樣呢？

說起來能否正常動作都很難講。

「……是說那些傢伙還真是慢耶，我去看一下情況。」

他們在做什麼、為何姍姍來遲，我都知道原因，可是我已經開始承受不住和泳裝打扮的一之瀨獨處，因此掉頭回到男生更衣室。

我暫時和池他們待在一塊，準備完成之後，所有人再次前往走廊。好像因為實在是過了好一段時間，以堀北為首，所有女生都已經到齊了。

「唔哇……！」

池拚命止住聲音，但還是對眼前的女性絕景發出讚嘆。佐倉則是在後方縮成小小一團，理所當然般地穿著防曬泳衣，藏住胸部。

即使如此，所有人還是對平常看不見的泳裝打扮藏不住興奮。

「呵呵呵，我可是看得見的喔。看得見那件薄薄泳裝之下的胸部，看得見那個地方！」

池和山內用透視般的下流眼神看著女生。他們的人生還真是快樂啊。

「那麼走吧，最裡面的好像是空的。」

我們先去確保可以休息的據點。一之瀨在此也像在帶路那樣邁步而出，櫛田配合一之瀨也隨後跟上。男生則占住了她們的正後方，目的好像是一之瀨和櫛田那充滿彈性的臀部。須藤即使在這種情況下，也不打算從堀北身邊移開。他在這部分非常專情且堅持。兩人意外地很像是登對的情侶。

另一方面，我則走向逐漸成為固定班底的佐倉身邊。

「那個……謝謝你……」

我們一獨處，佐倉就輕聲地答謝。

我對她這副模樣不禁感到疑惑。

「妳為什麼要道謝？」

「為什麼是指？」

佐倉對此感到不可思議，於是這麼反問。

她發現我想不到理由。

「呃，那個，因為你今天邀請了我……」

「什麼啊，是這種事情啊。這很普通吧，因為我們是朋友。」

我對佐倉順口地說出「朋友」這字眼。

佐倉聽見這句話，就宛如幼犬亮著雙眼，開心地抬頭看我。

「所以說這不是值得道謝的事情。」

我換了這樣的說法，但佐倉好像不這麼想。

「我還是很謝謝你喲。」

「哎呀……算了，不重要。」

我頭上冒出問號，不過，就讓我自己做出結論吧——這傢伙大概就是這樣的人，因此我和她待在一起才會覺得很平靜、不討厭。

話說回來，佐倉變得真是正向。她成長了許多，與我初識她時簡直判若兩人。即使受到同年級學生告白，她也沒有逃跑，而是好好地接受。看見她日益成長，我就會想著自己是不是也可以改變。

「我最近發現了呢，之前體育課上，老師說過游泳一定會在之後派上用場，那應該是因為和無人島考試有關聯，對吧？」

佐倉目光炯炯地告訴我，對此我應該不必貿然洩她的氣。

「原來如此啊，經妳這麼一說，確實是這樣耶。」

「果然是這樣，對吧！」

佐倉對自己的發現好像覺得很開心，而天真無邪地輕輕一跳。即使隔著防曬泳衣，我也看得出那對大胸正在搖晃。她這樣脫不了上衣吧——我對女生不是大就好的生理情況有些同情。無論如何，我很高興每次和佐倉說話，都能發現她新的一面。

但是，她隨後卻露出很抱歉的表情。

「假如我不要害羞，好好上課，應該就更派得上用場……都是因為我總是用身體不適作為藉口逃避……」

「注意得到這點應該就夠了吧。」

學生們至今都只顧自己方便而活，但也稍微開始察覺自己這樣不行。人無法獨自活下去，除非學仙人隱居山裡，否則活下去就是必須過團體生活。這種事情大部分高中生都不會察覺。例如，總是獨自熱衷於網路、社交遊戲的孤獨之人，或是給大家添麻煩，犯下輕罪乃至重罪的不良少年少女們——他們都沒有發現自己有多麼受周圍幫助。根據情況不同，應該也有人一輩子都沒發現，就這麼過完一生。

但這間學校不一樣。雖然做法很特異，但我隱約覺得校方有在試圖個別教導學生某些事情。事實上，現在我身旁的佐倉也開始察覺了，察覺自己之前應該也能為班級做些什麼。這大概會在之後成為巨大的財產吧。

「咦，這不是一之瀨嗎？妳們今天也來啦？」

當我們在尋找休息空間時，三名男學生向一之瀨攀談。我對其中一人有印象。他發現我的存在之後，就簡單點頭致了意。他是B班的神崎。

「呀呼——這不是柴田一夥嗎？」

叫作柴田的男生舉起了手，D班的我們也用笑容回應。

「總覺得這團好像很開心耶，也能讓我們加入嗎？」

「我是完全OK……可以嗎？」

櫛田點頭，表示當然沒問題。這麼一來，池他們的拒絕權也自動消失了。結果加上B班學生，最後我們成了合計十三人的大陣仗。

「打擾到你們，真是抱歉。」

神崎了解我不算是會和人群吵鬧的類型，於是靠過來這麼說道。佐倉見狀，就迅速退下。她完美地消除氣息，連神崎都沒發現。

「這樣也很好吧？畢竟也是暑假最後一天。」

「這間學校很少有機會和別班學生打好關係，柴田他們好像也很高興。」

「你看起來卻不是這樣呢。」

該說神崎一如往常地冷靜嗎？總覺得他正保持著距離和我相處。

「我和你很相似。不擅長吵鬧。」

我和神崎邊走邊聊著無關緊要的話題，此時前方傳來歡呼聲。

「對面好像在鬧些什麼耶。」

須藤這麼說道。我抬起頭，看見騷動地點的中心嘩啦地濺起水花。此時，一人一球飛騰到空中。一記猛烈的殺球砸進了對手的球場。他們好像正在泳池裡打排球。

「唔喔喔！厲害！水準好像很高！」

山內目睹這片光景便如此喊道。巨型設施裡備有三個游泳池，針對各種遊戲用途使用。

一個是可以自由進去游泳的標準游泳池，一個是流水游泳池，最後一個則是以娛樂用途為主的運動游泳池。那個運動用游泳池現在正包圍著許多女性觀眾，進行著激烈的排球比賽。

比賽成員是一群我沒見過的學生。從看起來有些老成的這點推斷，大部分學生很可能是二年級或三年級的吧。他們正在進行男女混合的高水準比賽。

就算是在這之中，也有名男學生格外出眾。

「那傢伙真厲害耶……」

須藤感興趣的，正好就是那名出眾的學生。他高挑的身材乍看之下很纖弱，身上卻微微浮出六塊肌。不過，最亮眼的就是他那頭每次劇烈動作就會隨之飄逸的金髮，還有那張無比清秀的臉蛋。他是個讓人有種在看電影畫面的錯覺的美少年。

大部分女學生的目光好像都被那名美少年奪走了。

「哼，我可是最討厭那種傢伙。明明沒什麼才能和努力，居然只是因為長得帥，就成了人生勝利組。」

我也不是不懂池他們口出惡言的心情，但那些預想三兩下就落空了。

受人矚目的美少年——他側臉的銳利目光優美地往正上方瞄去。

美少年配合自己陣營，小心翼翼舉起的球高高跳起。觀眾在這個瞬間都幾乎忘記出聲，屏息守望著他。

斜角高速飛出的子彈——不，是球襲去了敵方陣營。上前接球的學生大概同樣擁有傑出的體能。他展現出敏捷的反應，為了把球彈回去，而跳進水裡。

哇！——美少年陣營隨著觀眾一齊喊出的尖叫再次得分。任何人都可以明顯看出美少年擁有優秀的運動神經。從他下半身肌肉發達看來，他應該有在做什麼會使用到腳的運動嗎？會是田徑社嗎？棒球或者足球也都可以想像。

「不、不只是帥哥，而且又聰明，又會運動……誰稀罕啊！」

「好像相當熱鬧呢，他一個人就支配了場面。」

「似乎是這樣耶，雖然不曉得他是何方神聖。」

我和堀北對別班、其他學年的情況都一無所知。櫛田擁有比任何人都廣闊的人脈，這種時候問她意見，就是個最佳選擇。她馬上就回答了我。

「那個人是二年A班的南雲學長，他在女孩子之間非常受歡迎喲。」

「南雲……」

我最近才聽過這個名字。關於南雲的事情，一之瀨如此補充道：

「他是現任副會長，據說是明年會當上學生會長的人。腦筋好像也非常好。」

一之瀨在旁邊聽著我們的對話，她對南雲的名字有所反應，於是這麼答道。對於一之瀨說出的關鍵字「學生會」，在我隔壁的堀北，她的肩膀甚至還微微抖了一下。

那名叫作南雲的學生，每次做出動作以及有活躍表現時，場外就會揚起高亢的歡呼聲。游泳池裡同時也舉行著其他比賽，但除了南雲的比賽之外，觀眾幾乎連看都不看。

「雖然在女生裡很有人氣，不過我至今為止都不知道呢，而且綾小路同學也不認識他。我確實有感受到他的運動神經非凡，但是從知名度看來，我不認為他很厲害。這點學生會長應該才是壓倒性的出類拔萃吧。」

真虧她可以威風凜凜地說出口。她隱瞞對方是自己親哥哥，並且不經意地抬舉對方。關於這個部分，一之瀨好像也沒異議，坦率地表示同意。

「嗯～學生會長很厲害呢——畢竟我也聽說過，就算是在這間學校的歷史上，現任學生會長也是最優秀的。話說回來，他好像和妳同姓氏耶。」

「好像是這樣。」

堀北好像不打算在這場面上特別回應，而若無其事地隨便聽聽。

「但是，傳聞中他在實力上也不會輸給那位學生會長喲。事實上，去年學生會競選，堀北會長和南雲副會長就競爭過學生會長之座。南雲副會長當時明明還是一年級學生呢。」

「妳對學生會的情況還真是熟悉。」

「因為我進了學生會，勢必會記下這個部分呢。」

「……妳進學生會了？」

堀北聽見她這麼說，好像掩飾不住心裡的驚訝。

不過，真沒想到一之瀨進了學生會。回想起來，我遇見這傢伙那天，她好像曾經詢問B班班導星之宮老師「有關學生會」的事情呢。

雖然我不巧沒意思在「那位」學生會長身邊工作，但想到這間學校的機制，進學生會的意義應該非常大吧。

「對了，進學生會的條件是什麼啊？那大概不是任何人都可以加入的吧？」

「嗯~這間學校好像有點特殊呢。假如還沒隸屬社團，只要通過四月到六月底期間，或是十月的學生會面試，感覺就可以進去了。老實說，我第一次落選了呢，不過因為可以應考好幾次，所以我有一直堅持下去。學生會長不太願意點頭，但是我得到了南雲副會長的准許命令。我之後聽南雲副會長說堀北會長好像對今年的一年級很失望。如果是往年的話，學生會每年都會錄取兩到三名一年級學生，可是今年至今錄取的就只有我，所以我才想自己要趕緊爭口氣呢。畢竟堀北會長說不定會在十月退位。」

就像堀北努力靠近哥哥一樣，一之瀨應該也正在拚命掙扎吧。

「但我想我的目標一定會是南雲學長。我的起步類似於學長，而且我們也很談得來。這所學校歷屆的學生會長從一開始就清一色是A班的人，但南雲學長跟我一樣都是從B班開始。不知不覺間，他甚至還確定會當選下一屆的學生會長。所以，南雲學長之後就會換成是我當上學生會長

——開玩笑的啦。」

看來比起堀北的哥哥，一之瀨心中對南雲的評價好像還比較高。她心想自己有天也要成為學生會長，於是才會說出想法，表明決心。

堀北心裡大概對這件事情有點……不，是非常不高興。她緊咬著這點不放。

「在起步比人慢的當下，就該了解自己究竟有幾兩重。」

「喂喂喂……」

要怎麼想是她的自由，但這也已經算是在對自己自嘲了吧？她在自己從D班起跑的當下就推知了這點……還是說，難不成這傢伙——

「妳該不會到現在都認為自己是因為學校疏失才被編到D班吧……」

「這是當然的吧？」

她滿不在乎地說出口，還毫不猶豫、威風凜凜，彷彿這是理所當然的。

「哎，我或許了解堀北同學覺得不可思議的心情。畢竟學校感覺上不是以單純的能力在決定班級。聰明度就不用說，像是作為人的成熟度、合群性……學校應該是看上述所有能力才做出評價吧？」

「換句話說——妳的意思是我的綜合能力有問題？」

「啊～不，抱歉，如果妳是這麼理解，我向妳道歉。可是啊，妳想想。堀北同學，基本上妳是那種相信自己的類型，反過來說，也可以理解成是自我中心。出社會的時候，如果有自我中心以及準確服從指令兩類人，妳不覺得哪一方比較優秀是視情況而定的嗎？」

就算很自我中心，世界上也需要這種優秀人才，但那也並非絕對必要。然而，任何地方會都需要準確服從命令的人，那應該也是社會渴望的人才。

「我無法接受呢……」

雖然堀北不改態度，但即使如此，她的心境應該也一點一點開始改變。

一之瀨的朋友向她搭話，我之後便與堀北稍微縮短距離。

「話說回來，妳沒去參選學生會呢。妳不是因為想待在哥哥身邊，才選擇這所學校的嗎？」

「……那是兩碼子事。你再怎樣也想像得到吧？就算我想進學生會而接受面試，也絕對不會得到認同。」

哎，確實不難想像。就連B班的一之瀨最初都沒有受到准許，想必會長不會錄取隸屬D班的堀北……錄取他甚至想要趕出這所學校的妹妹。也就是說，這傢伙應該最清楚這種事情。

我暫時就這麼觀戰比賽，南雲的隊伍最後壓倒性取勝，結束了比賽。南雲從泳池上岸，周遭就聚集起剛才幫他加油的女生。

「是說，那傢伙的耳朵戴了耳環耶！這樣可以嗎！」

池已經只找得到這部分吐嘈，於是如此喊道。

「現在是暑假期間，應該沒關係吧？」

然而，那件事情也空虛地被一之瀨回了嘴。

「哎、哎呀，可是啊，他耳朵可是會開個洞耶！這是個大問題吧！」

「那應該是夾式耳環吧——那種不穿洞、夾在耳朵上的東西。畢竟他平常在學校裡都打扮得很規矩。」

「唔唔唔！」

就算再怎麼吐嘈，他好像也是完美無缺的學生。

「欸，我們要不要在泳池裡玩玩看排球？我這邊加上柴田同學他們，剛好是六個人。你們那邊是七個人，要輪流上場也可以。」

「我們都難得來游泳池了。」一之瀨提議道。首先贊成的是池。

「我要玩我要玩！我也要像南雲學長那樣吸引女孩子熱切的目光！」

我想這大概沒辦法，不過大部分學生好像都贊成了。這應該是因為難得來到游泳池，大家都想大玩特玩吧。

「那、那個，我不擅長運動……我看你們玩。」

與其說是委婉地退出，佐倉看起來更像是真的不想玩。她不想打排球的態度一目了然，大家於是都沒特別提出反對意見。這樣子就人數來說，雙方就會是六對六，可是有一個人對排球比賽本身吐露了不滿。

「我也沒興趣玩。」

雖說欠我人情，但她好像沒意思奉陪玩樂。

「堀北同學，妳要逃避比賽嗎？」

一之瀨笑著，有點像在挑釁地如此說道。

「這只不過是遊戲，根本扯不上逃避。」

「這確實是遊戲，但也是班級的縮影呢。像是哪一班比較積極，哪一班團隊合作比較優異。這在某種意義上，感覺就像是班級對抗的模擬賽吧？還是說，妳不想和我們交手？」

那是兼具戰力分析用意的嘗試性提議。這麼想的話，也許堀北就沒理由拒絕了。

「……好吧，那我們就來玩。」

B班在不久的將來應該會成為我們的敵人。現在雖然是場遊戲，但她應該也想先確認對手的能力吧。堀北接受了一之瀨的挑戰。

「另外，為了炒熱比賽，敗方要全額負擔對手的午餐。有這點附贈獎勵應該也沒關係吧？」

「這條件我也接受。」

於是，我們便申請了場地，在場地空出為止的期間各自研擬作戰。

比賽規則採一局十五分、三局二勝制，先拿下兩局的那一方勝出。發球權會輪流，而得分方將再次取得發球權。

「這雖然是遊戲，但比賽就是比賽。既然要玩就是要贏。」

「堀北同學妳還真是有幹勁呢。」

「或許妳聽到午餐免費會認為不算什麼，但事情可不是這樣呢。假如要按照人數請客，就可能要用掉一萬點左右。換句話說，雖然那是個人點數，但也能和B班拉近這麼多距離。反之，輸掉了就會被拉開那麼多距離。這就像是場特別考試。」

就算各自分攤輸掉的金額也要支出約莫兩千點。花費很不便宜。

「好！我們絕對要贏喔！健、春樹！」

動機因人而異。而堀北好像以不錯的感覺轉換了想法。

「交給我啦，鈴音。有我在就有百人之力，我一定會擊垮那群『腦金』。」

「不……所謂『腦筋（註：滿腦袋肌肉之意）』是在形容你這類人的時候使用的字耶。」

我忍不住吐嘈徹底會錯意的須藤。

「為啥啊？所謂『腦金』就是腦袋是金牌，換句話說，意思就是書呆子吧？」

看來須藤就像是「腦筋」那樣地徹底誤會了。

「或許是這樣……你就忘掉我剛才說過的話吧。」

光是吐嘈他，就是很不識趣的問題。不管怎麼樣，須藤從容不迫地笑看B班成員，可見他有自信不可能會輸掉。

「就讓我來考驗你派不派得上用場吧，須藤同學。」

須藤在關於課業上盡是在扯後腿，但在這種場面上，感覺卻會成為令人放心的夥伴。我了解堀北寄予期望的心情。D班中運動神經最好的是須藤，例外之中也有高圓寺，但無論是好是壞，我都最好別算上他。

「須藤，你有在泳池打排球的經驗喔？」

「沒有耶，排球就只有在課堂上稍微玩過。」

「虧你這樣還可以自信滿滿耶……」

「懂了籃球，就可以橫跨所有運動──這是我尊敬的學長說過的話。」

他對自己的能力深信不疑。

就堀北立場來說，這也是個好機會去判斷須藤是不是光說不練的男人。

5

「好，交給我吧！」

須藤抬頭看著緩緩落下的球，接著高高跳起，利用驚異的跳躍力及身體的彈力拍下了排球。球就像顆子彈凶猛地襲向敵方陣營。

一之瀨雖然拚命接球，但水裡不同於陸地，動作會變得很遲鈍，她因此來不及接下。雖然場外沒有揚起歡呼聲，不過他的威力看起來不遜於剛才我們觀戰過的南雲，又或許更勝一籌。

「好耶！」

須藤輕鬆得分，並比出了勝利手勢。所謂如魚得水就是這麼回事吧。身為夥伴的堀北敬佩地盯著須藤的動作。

「剛才那球還真是厲害，可惡──被擺了一道。」

一之瀨撿起漂在水面的球，把它還給須藤，並且表示讚嘆。

「嘿！哎呀，女人沒辦法回擊我的進攻，妳不必沮喪。」

「嗯──這是在小看女性，對吧？就算是女孩子，也不會輸給男孩子呢。」

一之瀨即使面對有些不適當的發言也沒有生氣，而是笑笑的回到了原本的位置。比賽雖然是從B班開始發球，須藤卻已經開始展現出怒滔般的活躍表現。目前我方以七比三領先。

「須藤同學防守範圍廣、攻擊力也高，我們得避開他的區域呢……」

神崎一面防備著帶領隊伍的須藤，一面把山內送去的發球往上托。

「OK，一之瀨，球就給我吧，我找到目標了！」

「了解！」

一之瀨把在自己陣營裡落下的球小心翼翼地舉到理想位置。

柴田向前跳起，接下緩緩落下的球。柴田的攻擊——

他要擲下的目標地點——真是哀傷，就是我的面前。

如果這不是偶然，那也就代表著對方認為我是最大的缺口。

「把球接下！綾小路！」

我因為須藤這句嚴厲的話，而在水裡踏出一步。球速本身絕對不快，要碰到球本身應該也不困難。我伸出了雙手。

啪沙——球發出了悶悶的聲響。

「呃……」

我雖然彈回了球，但它卻徹底飛往不相干的方向。

「耶——！」

一之瀨和柴田看著這情況，便在對面陣營裡擊了掌。

須藤當然狠狠怒瞪了我，散發出彷彿要逼近而來的氣勢。

「你剛才那副窩囊樣是在搞什麼鬼啊！」

「抱歉……總之，這就是不管是辛苦拿下的一分，還是輕易被拿走的一分，價值都是相等的好例子。」

「開什麼玩笑啊，喂！那種程度的球，你就算角度不好，最少也要把它托上去。」

你就算對我這麼說，我也很困擾。這是我人生中第一場排球，所以我也無法隨心發揮。

「哎呀，冷靜點啦，須藤。我會用華麗的發球扳回一成啦。」

池撿起飄在附近的排球，就擅自發起球來。

「嘿——！」

啾——那顆沒力的球彷彿發出了這樣的聲音，飛去敵方陣營。它傳到了女孩子附近，於是理所當然就被托了起來。攻擊手一之瀨接著跳起。

「真是群沒用的傢伙！」

須藤用手臂擋住一之瀨打回來的球，並再次將它送回B班。

這次接到那顆球的則是神崎。一名女生把球打回往我們這邊。須藤利用自己的身高優勢，守住往我突襲的球。他漂亮地掩護了我，並阻止了失分。

「看招——！」

一之瀨看見須藤無法動彈，便這麼高聲喊道、跳了起來。這個瞬間，她的胸部很有彈性地晃了一下。我和池、山內的視線都被那個畫面給奪走。

「往後退！」

須藤在著地的同時這麼大喊，在那附近的堀北於是接起了一之瀨的球，做出理想的舉球。遊戲雖然才剛開始，但這裡早已成為須藤的一人舞台。

首先，幾乎沒有女生可以接下須藤威力強大的攻擊。身為男生的神崎與柴田雖然拚命在接球，但須藤在技術、力量上都是壓倒性的優異，因此對方也只能打防守戰。

B班能夠採取的戰術，就只有無論如何都不讓須藤自由行動，抑或是不把球傳給須藤。對照之下，堀北、櫛田的運動神經都很好，展現出尚可的攻守能力。我們的陣型很安定。

另一方面包含我在內，我和池、山內都成了漏洞。

「哇——！抱歉！」

山內沒能接起打到他附近的發球，B班因此拿下了分數。每當失分，須藤就會累積挫折感而咂嘴。因為幾乎都是我們三個人在失分，這也無可厚非。

「冷靜下來，須藤同學。你已經十分努力了，最好不要貿然四處移動。」

「可是啊……要是我們因為這群沒用的傢伙輸掉，可就血本無歸了耶。」

他雖然流露不服之情，但也回到了自己的站位。池好像對他這種態度很煩躁，而在須藤沒看見的地方比了中指。山內見狀，也接著豎起中指。

「喂，春樹，我等一下就給你死。」

「哇——！」

然而，須藤卻在很糟的時間點往山內的方向回頭。

敵隊就像是在乘勝追擊。比賽重新開始之後，我們發給敵隊的球被打了回來，球再度往山內的方向飛來。

「不會、不會吧！」

「咳咳咳！」

山內不諳水性，而且遭到須藤施壓，所以動作慢吞吞的。他拚命救球，但是沒有接到。

「真是的。你們就不覺得女人比較有用很可恥嗎？」

須藤在運動場面上散發強烈的存在感，丟出了刺傷我們內心的一擊。不管是誰應該都不會想在女生面前出糗，但這也莫可奈何。就像人的腦筋不會一夜之間就變得聰明，我們也無法當場改善運動神經。

球又往我這邊落了下來。從我最初失敗的感覺，及觀察附近隊友接球的要點來推測，我只要先看好手臂的位置、球旋轉的方向，理論上如果只是要把球往上托，並不會很困難。我把目光聚焦在慢慢落下的球。這樣我就可以順利接下球了——

不過，我沒有漏看一之瀨在敵陣望過來的視線。

我在發現的瞬間就故意不專注在球上，並且以很難看的姿勢接球，接著滑了一跤，跌進了泳池。

「你真是爛透了耶——綾小路。」

我從水裡抬起臉，防守在後方的池就笑了出來。

「不管很爛還是怎麼樣，只要托得起球就ＯＫ，做得好！」

須藤靠了過來，利用了我救起的球做出不知是第幾回的跳躍動作。隨後就是發猛烈的攻擊。比賽中，他幾乎是獨自一人在半個水上球場上四處移動。明明應該耗費了相當大的體力，卻不見他發出的必殺攻擊威力衰退。須藤與綜合能力更勝於我們的Ｂ班勢均力敵，又或是抵達了在這之上的境界。我決定守望著這樣的須藤，並稍微享受一下排球的樂趣。

6

「喵嗚——我們輸了呢，真是大慘敗。」

一之瀨從游泳池上岸，好像有點不甘心地靠過來如此說道。這雖然是場遊戲，但雙方無疑都萌生出不想輸掉的心情。勝利屬於連續拿下兩局的Ｄ班。

「我們幾乎是以依靠須藤同學一個人的形式來取勝的呢。」

須藤在坦率稱讚他的堀北附近露出了一張得意的臉。被心儀的女生稱讚，他應該很開心吧。

再說，倘若是平常不會稱讚人的堀北，又更是如此了。

「你是籃球社的吧？我們班也有男生參加，我有聽說過你喲。據說你是一年級裡打得最好的。」

「這當然啦。」

這件事好像也廣傳於別班之中，真是再好不過。這次排球比賽應該會成為一個重要指標。我原本就認為須藤的體育能力很強，而他也沒輸給上段班，這是一項很大的收穫。假如出現需要發揮運動神經的考試，須藤就會成為強大的武器。反之，從一之瀨他們的立場來看，須藤大概就會變成不得不留意的危險存在。

「要是你們別扯後腿，我們就可以更壓倒性獲勝了。」

「可惡——須藤你這傢伙只因為會運動，就給我得意忘形。」

山內倒在游泳池畔，不甘心地仰望須藤。因為他在比賽後嘗了須藤的攻擊，而被擊倒在地。

結果，大部分失分都是因為我們扯後腿的三個男人。

「哎，都贏了，就算了吧。我們午餐可是吃得到自己喜歡的東西喔。」

我就像是讓須藤把怒氣發洩在食物上般引導他——你就吃得比其他人都更多一些吧，反正是一之瀨他們請客。

「這對缺錢的我們來說，確實是值得開心的事。」

須藤的態度雖然囂張，但他在這場比賽付出巨大貢獻也是無庸置疑。

「那麼，我們就得履行約定了呢。來吃中餐吧。」

正好時間上是肚子會開始有點餓的時機。一之瀨和須藤等人走向攤販。

我和堀北稍微晚了點才跟過去。

「欸，綾小路同學，你的運動神經不差吧？就算是排球新手，你的動作也很不自然。」

因為堀北曾經目睹以前我和她哥哥交戰（雖然沒到那種地步）的模樣呢。

「因為一之瀨異常地緊盯上了我，我是姑且做做樣子。」

「也就是說，你是在隱藏本領呢。現在各班應該都正在努力分析D班的戰力。」

她接受似的點點頭。我們不久抵達攤販前方。一之瀨回過了頭。

「那就按照約定，你們要吃多少喜歡的東西都可以喲。」

「好耶！那我們就不客氣了！」

笨蛋三人組的食慾比常人多一倍，他們一溜煙就跑了過去。一之瀨微笑地看著他們的模樣。

「難不成妳要全額負擔？」

「嗯，畢竟是我起頭的呢。」

或許如此，但她要負擔的金額可不容小覷。

「平時我很注意節省，所以這部分沒關係。」

對於一之瀨若無其事做出的回答，櫛田覺得很不可思議地問道：

「但是一之瀨同學，妳不會在像是衣服上面花很多點數嗎？雖然不能和B班相比，但我覺得花費滿緊繃的呢。」

「嗯——該說我沒那麼講究嗎？因為我會以現有的來做穿搭。該說是只要輪流穿就沒問題了吧？啊哈哈，就女孩子來說，這種發言應該有點問題吧？」

「不會啦，我覺得不買多餘的東西是非常棒的喲。」

這是很擅自的偏見，但女孩子無論如何就是注重打扮。櫛田應該也是這樣吧。我認為堀北也不在乎打扮，可是即使如此，我也看得出她在髮型、儀容上耗費了一定的心思。

「因為點數說不定會需要用在更重要的地方呢。」

一之瀨這麼斷言。她就像是在說比起買一件衣服，現在在此支出點數，還比較有意義。

「那我就不客氣地挑嘍。」

堀北平常食量雖小，但因為B班確定要請客，她便因而鼓足了幹勁。

「啊哈哈。嗯，沒問題。但是吃不完也是浪費，所以妳可別吃剩喲。」

我和堀北不一樣，對垃圾食物抱著很強烈的興趣。就讓我來盡情挑選吧。

7

時間接近閉館，一之瀨提議在人潮開始擁擠之前先回去，大家都表示了贊成。我悄悄溜出打道回府的一行人，並站在泳池畔等待訪客。

「啊——好累……」

輕井澤過了不久就現身而出，輕拍了我的背後。

「辛苦了，結果如何？」

「就如你所說的。那件事情真的讓人覺得很可惡。」

「別這麼說，因為這就很像是青春失控一般的事情吧？」

輕井澤站到我隔壁做出嘔吐的動作讓我看，接著環顧四周。

「怎麼樣啊？來到久違的游泳池。」

「沒什麼感想……」

輕井澤就像在介意四周視線般，再次張望附近。

「雖然說是謊言，但我現在也正在和平田同學交往。要是和你兩個人待在一起，應該會被傳奇怪的謠言吧？」

「是嗎？假如我有像平田那麼帥，或許就會有那種流言傳開吧，但哀傷的是我很沒存在感呢。別人大概最多只會認為我是一起來玩的組員之一。」

男女在一起的情景，未必就會牽扯到可疑的關係。場景若是在晚上沒有人煙的長椅上就另當別論，但如果是在人特別多的地方，我們就會自然地融入人群之中。

順帶一提，扮演男友角色的平田沒有出現在泳池上。他很可能在忙社團活動吧。雖然我不知道足球社正在做怎樣的練習，但我聽說那傢伙也在進行社團活動。

「今天校方准許穿防曬泳裝游泳，妳應該也可以看見有些人在穿吧？」

「算是吧，但這衣服的錢真的沒關係嗎？這可是相當貴耶。」

「這就是所謂的必要支出呢。」

輕井澤把手伸過來，我用不經意的動作握住了那個東西。我的手掌上有堅硬的觸感。

接觸的時間連一秒都不到。

「你打算做什麼？」

「妳指什麼？」

「你為什麼會和其他傢伙不一樣呢？你要是放著不管，不就能謳歌那所謂的青春了嗎？」

原來如此，她是在說關於我手上握著的東西啊。

「現在首先要去解決的，就是不讓它變成班上的虧損。就算沒有釀成大事，班上也毫無疑問會出現不信任感，以及產生裂痕。我們應該都會想避免這點吧？」

我為此才召集了輕井澤，目的當然也包括讓她享受泳池。

「妳今天有邀其他女生嗎？」

「現在是我自己一個。還有其他兩個人，不過我已經和她們解散，請她們自己去玩了。」

「這是正確的判斷。」

我慢慢走向游泳池畔，輕井澤慢了點也跟了過來。

「你打算以A班為目標，對吧？」

「妳沒興趣嗎？」

「嗯——不知道耶。我想要點數，到哪裡都可以就業也很值得高興……」

輕井澤手插口袋，就這麼往空中一踢。

「但是，對於和C班那群人交手，我不是很感興趣。」

她說的那群人，就是指隸屬C班的女學生們。雖然我已經在某程度上封住了她們，但情況如果變成直接對峙，輕井澤應該又會想起自己慘遭霸凌的過去。只要她不從那個束縛中解放，或許在真正的意思上，輕井澤就會無法發揮本領。

「唯獨對妳，我有些事情想先說出來。」

「什麼啊？」

「雖然我不知道下回會是怎樣的考試，不過我想使出某項計謀。」

「計謀？」

我一邊走著路，一邊融入周遭的嘈雜，並且說出極重要的事情。這件事就連對堀北我都沒說過。

「我要讓人退學。」

「——啥？」

輕井澤好像沒意會我的意思，她頓時語塞，停下了腳步。但一知道我沒停下來，便急忙追了過來。

「欸、欸欸，你剛才那是什麼意思！」

「就是字面上的意思。從一年級某班讓某個人退學。理想情況就是看穿妳過去的那三個女生。假如那沒辦法，那就挑其他班級的某人，而要是那也沒辦法的話——」

「沒、沒辦法的話？」

「我應該就會挑出D班裡不需要的人吧。」

「你知道自己在說什麼嗎？說起來要讓人退學本來就不是一件簡單的事情了吧？」

「是嗎？也不是這樣吧？就算是現在，我應該也得到了方法。」

我握著拳頭，就這樣讓輕井澤看了一眼。

「難不成，你是為此……？」

「根據狀況不同，就可以一口氣退學，沒錯吧？」

「可、可是，等一下。事情為什麼會變成這樣啊？之前你不是才為了幫助須藤同學而四處奔走嗎？」

我確實拯救了須藤的退學危機。

然而，那是到之前為止的事情——是我還沒以爬上A班為目的時的事。

我剛才說的雖然是假設，不過我正在進行升上A班的準備。這麼一來，割捨不需要的存在就會是必要事項——就像是堀北過去對我說過的那樣。

「也就是說，你救了須藤同學卻又要把他給踢掉？」

「不，我並不打算捨棄須藤。D班裡可以在體力方面上行動的人才很珍貴。」

要說戰力均衡，我們班與別班相比，很少學生是偏向體育專精。既然無法算上高圓寺，潛能很高的須藤就會是個很重要的存在。

「要是做出退學這種事情，班級點數會變得怎麼樣呢……」

「讓別班出現退學者，當然才是理想的發展呢。」

不過，假設自己班上出現退學者，其他學生就算不願意，也會為了存活下來而竭盡全力。如果可以期待那樣的效果，就絕對不是件壞事。

「你還真是個壞傢伙耶。」

「妳應該已經明白這點了吧？」

「……算是吧。」

我恐嚇了輕井澤，甚至做出近似於強暴的舉止。我不認為她會把我當作好人。

「你要不要也和平田同學商量？」

「不知道耶，至少我還無法完全信任現在的平田。」

「咦？」

「妳知道那傢伙的過去嗎？」

「啊，嗯。他是在我告訴他自己過去時和我說的。他朋友企圖跳樓自殺，對吧？」

沒錯，平田後悔、懺悔似的把這件事情告訴我，那應該是真的吧。

「那麼，那傢伙是因為朋友企圖自殺，才被學校當作不及格生而變成D班的嗎？」

「咦————？」

「平田成績優秀而且深受學生愛戴，這應該不足成為他被分到和我們同班的理由。」

如果是像輕井澤這樣不上學或者成績差，那還可以接受，可是平田沒說出那些事情，而且也沒那種跡象。在還沒弄清這件事的階段，我無法徹底信任他。

「難不成你昨天會問我過去的事情是……」

「那是因為平田現在那種狀態的關係。畢竟被編入D班並不等於過去曾經受過心靈創傷。」

不過經我確認之下，現在我有把握輕井澤是個足以信任的人物。問題在於平田。那傢伙用普通辦法是行不通的，我必須審慎辨別他說的話是真是假。

「你對別人的事追根究柢地問，卻什麼都不告訴我嗎？」

「嗯？」

「你也不普通吧？我只覺得你絕對有某些隱情。」

「什麼也沒有。」

「騙人。」

我什麼也沒有，我既沒有像輕井澤那樣慘遭霸凌的過往，也沒有像平田那樣讓重要朋友自殺未遂的經歷。

「我看你的眼睛就知道。你有種就算對方是人，也可能會毫不猶豫殺掉對方的感覺。」

「這想法還真是危險耶，我可沒有那種戲劇性的發展和過去。」

我真的什麼都沒有，經歷少到我沒事情好說。我只是個「純白」的存在。

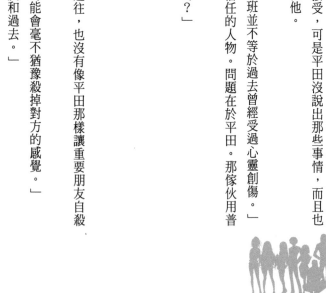

輕井澤看向我手上握著的東西。

她好像非常在意這東西今後的去向。

當然，先把這東西保管起來應該無疑會對今後有幫助吧。

然而——

你打算拿那東西做什麼？——我回應了她如此傾訴而來的心情。

我用力緊握拳頭，手裡發出塑膠折彎的啪嚓聲。

「欸，喂……！」

我把手上變得支離破碎的東西丟進附近的垃圾桶。

「D班不會出現退學學生。我差不多要回去我那團了。今天妳真是幫了大忙。」

「是沒差啦……」

「差不多該回去了吧。」

現在時間接近閉館，學生們都陸續跑進更衣室。這種時候按照進入哪個回家組，結果好壞將會大有不同。其中有像一之瀨那樣在閉館不久之前回去的組別、與閉館信號同時回家的組別，還有留到最後一刻才回去的組別。哪一個才是能最快回去的選擇呢？

另一方面，我們還留在現場，靜靜目送學生離去的背影。

不久，除去部分監督人員，所有學生都消失無蹤。

面。

「妳還不回去嗎？」

「你明知故問，對吧？我可是有無法輕易換衣服的苦衷。」

她這麼說完，就以半自暴自棄的感覺，從外套的外側拍了拍有傷痕的位置，然後把手按在上面。

以輕井澤的立場來說，她無法讓任何人看見這個傷口。正因如此，她才不能去擁擠的更衣室。雖然這麼說，但回去的時候她也不能不換衣服。

換句話說，她必然得作為最後一人回去，否則別無他法。

「如果是比賽用泳衣，妳不就可以游泳了嗎？」

這樣就不用擔心腹部被人看見，並受到針對傷口的批評。

「穿比賽型泳衣游泳太土氣了，不行不行。課堂上要穿就已經很討厭了，連來玩的時候都穿，未免也太土氣了吧？」

看來女孩子的世界比我想的還嚴苛、殘酷。輕井澤比任何人都害怕從班上的階級制度上掉下來，從她的角度看來，即使是件幾乎沒露的泳衣好像也是個很重要的要素。

「妳喜歡游泳嗎？」

「啥？呃，算是不討厭。」

那麼也就是說，她至少會游泳。

「妳要游一下嗎？現在沒有任何學生，剩下的也只有監督人員。那些傢伙好像也正在忙著收拾。」

再說，他們應該很清楚目前的擁擠情況，很難想像他們會急著前來責備我們。

「不用啦……」

「沒關係啦。」

「什麼沒關係……我就說不要。」

「如果是比賽用泳衣，給人看見也沒關係吧？」

「又不是這種問題，為什麼我就非得讓你看見自己穿泳衣啊……」

看來她介意的好像是這部分。

既然如此就算有點硬來，我也還是試著讓她游泳吧。

「這是命令。」

在我這麼說出口的瞬間，她用非常恐怖的表情瞪了過來。

「你真的很差勁，我真的很討厭你。」

「妳是要聽命令還是不聽？」

「……知道了啦。」

輕井澤不情願地服從我的強制命令，同時不服氣的噘著嘴。

她把防曬泳衣脫下來，放在椅子上，露出一身比賽用泳衣。

輕井澤就這樣背對著我，連頭也不打算回過來。

「說不定我一輩子都只能穿這種泳衣玩水了……」

就算只要想開一點就好，但她也做不到。她很害怕傷口受人矚目，以及被問及理由。

我靠向輕井澤一步，強行抓住她的手臂。

「欸、欸……！」

我拉著她的手臂，把她的身體推下泳池。水花撲通一聲濺了起來。其中一名監督人員聽見水聲，就用大聲公對我們這邊喊道：

「已經閉館了！請你們立刻離開！」

「噗哈！你幹嘛呀！」

憤怒的少女從泳池探出臉，我就對她伸出了手。

「好玩嗎？」

「突然被推下來怎麼可能好玩。」

輕井澤毫不猶豫地抓住我伸出的手，往她自己的方向——也就是往水裡拉了過去。我沒有站穩腳步，就像在任憑那道力量擺布一樣。同時我也留意自己不要撞上輕井澤，接著就這麼落入了泳池。比剛才還更誇張的水花，非常足以惹怒監督人員。輕井澤看見監督人員跑來，就笑了出

Welcome to the Classroom of the supreme principle at large

來。她把我探出水面的頭壓下去，讓我沉到了水裡。連我都在想自己還真是做出了孩子氣的事情，不過即使是一瞬間，可以看見輕井澤開心的笑容，說不定這樣就值得了。

8

我在游泳池游了一段時間。游完之後，好像是耗盡體力，因此特別覺得口渴。

其他成員好像也是一樣。在夕陽西下從游泳池回去的路上，一之瀨的朋友委婉地如此說道：

「欸，小帆波，我好像想吃冰呢，妳覺得怎麼樣？」

「這個嘛──我的確也有點想吃呢。」

雖然說游泳過後很暢快，但好像還是感覺有點昏熱。

「可以的話，要不要順道過去一下再回去？」

她看著附近的便利商店如此說道。大家好像都有相似的心情，沒有出現反對意見。成員們一同進到店裡，奔向冰淇淋櫃台。剛才堀北好像還在煩惱要不要喝飲料，但她現在似乎想和周圍的人一樣吃冰。

「我要這個！究極巧克力雪派！」

池仲進冷凍櫃拿起普通尺寸三倍大的冰淇淋，它的價格竟然是普通售價的將近四倍。總覺得買這種東西好像有點虧，不過既然他本人很滿意，應該也沒什麼差。須藤和山內選了刨冰，一之瀨則選了冰棒。

在這種地方也可以隱約看見每個人不一樣的性格，所以很有趣。佐倉有點客氣委婉地在我背後探頭窺伺情況。

「妳要挑什麼呀？」

「呃，我、我不知道耶。」

佐倉手足無措，沒答案也是當然的。因為她剛才都在遠處拚命踮起腳尖，試圖確認冰箱裡。從我的角度來看，我也只能勉強看見一部分。我在池他們正要離開的時候，輕輕推了她的背。

「走吧。」

「好、好的。」

買個冰淇淋就要這樣煩惱，她還真是辛苦。我在旁協助她，一起挑了冰淇淋。

佐倉好像很猶豫不決，不知道該拿起哪個。

「怎麼辦……」

「妳不喜歡冰淇淋嗎？」

「不是，我每個都喜歡喲。這附近有的口味，我或許全部都吃過了。」

帳。

她指著冰箱右半邊這麼說道。我們挑著挑著，留下來的堀北也決定好要買什麼冰而前去結

「快點啦——我們要丟下你們了喔——」

結完帳的池開玩笑地說道。佐倉好像過度敏感地理解了這句話，而變得越來越焦急。

「呃，呃——……對不起……我是這種時候會花很多時間決定的人……」

「妳不必著急喔，那傢伙也是說笑的。而且就連我也還沒決定好呢。」

「綾小路同學，你要挑哪個呢……？」

「我嗎？」

我暫時把注意力從佐倉身上移開，望向冷凍櫃裡的某個冰淇淋。老實說，很多東西看起來都很類似。

「我應該會挑這個吧。」

我回答完，就拿起標準的霜淇淋，就是牛奶冰淇淋捲起來的那種。雖然它也有巧克力綜合口味，但我下次再吃吧。

「那、那麼，我也要挑那個。因為這個很好吃呢！」

總覺得我好像是在強行讓佐倉做出決定，但她要是可以接受就好。

我們買完出去外面，大家就集合到便利商店提供的空間吃起冰淇淋。我拆下包裝把霜淇淋送

進嘴裡，軟軟黏黏的牛奶霜淇淋在我嘴裡化了開來。

「這個……還真好吃……」

感覺會讓人上癮的這份甜度和冰涼感沁入體內。說實話，這真是太革命性了。沒想到冰淇淋居然會是這麼好吃的東西，但是吃多感覺對身體不好……

「你吃得真是津津有味呢——簡直就像是第一次吃。」

「任何人都會覺得好吃啦，畢竟天氣熱得讓人發昏呢。」

事實上只要環視周遭一眼，就可以清楚大家都很和樂融融地在吃冰。

「也是啦——哎呀，因為你吃得太津津有味了。我還是第一次看見你那種表情呢。」

「因為他就像人偶一樣不會改變表情。」

我被同為人偶類型的傢伙這麼吐嘈，這真是令人無法接受。而且，堀北和一之瀨不知為何好像意見一致，高興地聊著天。她們的話題從我身上聊到第二學期的事情上。

「喂，一之瀨。妳要聊天是可以，但妳的冰棒可不得了嘍。」

「哇哇！真的耶！」

若是這種炎熱天氣，赤裸裸的冰棒要融化也只是時間問題。一之瀨急忙舔起快要滴下的液體，接著把冰棒送進嘴裡。

「些些擬高訴偶。」

她含糊地對我說出像在答謝的話。儘管在柏油路上滴答落下薄薄的冰淇淋斑，一之瀨也吃得非常津津有味。

9

「辛苦了，今天真是開心呢。對吧，各位？」

「嗯，我很高興可以和堀北同學、佐倉同學說上話。我們要再一起玩喲。」

B班的女生們好像度過了心滿意足的最後假期，而如此向我們答謝。佐倉似乎也稍微敞開了心房，輕輕微笑著。另一方面，池、山內和須藤的模樣很不平靜，連打招呼都匆匆忙忙，就這麼搭進了電梯。

「我們待會兒會去你房間玩喔，綾小路。」

他們留下這句多餘的話便離去。

「這是怎麼了呢？他們給人的印象應該會更開朗一些呢。」

「他們今天的樣子特別奇怪。某人似乎心裡有數就是了。」

堀北瞄來了一眼，但我對此事貫徹了不予置評。我有各種苦衷。

「那麼學校見嘍，綾小路同學！」

「明天見……」

櫛田、佐倉也和我們分開了，大廳裡只剩下我和堀北。我還以為她鐵定是為了閃避櫛田才留下來，但就算另一台電梯來了，她也不打算搭進去。

「妳不回去嗎？」

「你呢？可以的話，要不要稍微散個步？」

「好啊。」

我和堀北再次走出大廳，仰望染上夕陽的天空，走著林蔭大道。

「今天真是出乎意料地開心呢，偶爾有這種假日也不錯。」

就如她本人承認那樣，這個發言令我意外不已。堀北讓還沒完全乾透的秀髮隨風飄逸，接著慢慢說道：

「明天起就開始第二學期，一定會有比第一學期還更嚴酷的考驗等著我們。」

「應該是吧。」

一般學校對於剛入學的學生應該會持續舉行淺顯易懂的簡單考試才對，即使如此，我們學校卻不斷推出像是無人島上野外求生、船上的互相欺騙，這種大抵上與普遍高中生相距甚遠的考試。之後會有何等苦難等著我們仍是個未知數。

「我在這個暑假期間試著思考了各種事情。思考了我做過的，以及完成的事情。」

「那麼，妳有從中看到什麼嗎？」

「那是祕密……要是跟你說可是會被你取笑。」

她彷彿覺得自己很沒出息地這麼說道，岔開了話題。

後記

四個月不見了。我是衣笠。最近我偷偷出席了遊戲業界人士群集的派對。

我在那裡遇見某公司社長，他和我說：「我從學生時代開始就在玩衣笠先生您的遊戲了！」在他這麼寒暄之際，我感受到了時代的更迭，因而驚愕不已……嗯，我還是別想得太深入吧……

那麼，這次故事是描寫在第四集舉行的考試之後，於剩下的暑假期間發生的事情。

雖然沒有出現對話，不過這會是第五集部分新角色登場的鋪陳。

圍繞在綾小路身邊的女性陣容也將逐漸增加。目前雖然還沒有進展，但是綾小路和這當中的某個人（又或是今後登場的角色），未來將超越友誼關係也不一定。下集開始，故事終於要一點一點描述綾小路的過去。他們將會進入一個與至今截然不同的情況，會有新對手的登場，以及新的特別考試。和班上夥伴一起往上爬的人、憑一己之力嘗試晉級的人，還有試圖利用他人來提昇地位的人等等——作風各自不同的角色們，將會開始發揮自己的個人特色。

然後——！引頸期盼的《歡迎來到實力至上主義的教室》的「漫畫化」第一集已經開始販售（註：此指日本出版情形）。由於是和這次的四點五集同時發售，因此我的內心非常澎湃。我最少也會買三本來閱讀用、觀賞用、收藏用！非常感謝把盡是男人登場的棘手作品完美繪出的漫畫家一乃ゆゆ大人。一乃ゆゆ大人恐怕和トモセ一樣怨恨著我，想著要我快點讓更多美少女出場、描寫更多美少女角色。還請你們化悲憤為力量，今後也繼續描繪帥氣、俗氣，或是老成的男性角色們（陰險表情）。還請各位多多關照這本「歡迎來到盡是些讓人怦然心動的男人之實力至上主義的教室」四點五集以及漫畫化版本。

接著最後……這則後記之後還接續了一些番外故事。「本篇裡都放泳裝畫面，封面圖也是大福利，所以後面放那張又有什麼關係！」——編輯對於這麼反抗的我投來了一把憤怒的手術刀！綾小路在本篇做出的謎樣行為真面目，以及笨蛋三人組的恐怖計畫即將揭曉……！

※請把對此番外篇故事的意見、感想寄至編輯部工作員！

池寬治、山內春樹、須藤健的暑假（番外篇）

雖然這個話題有性別上的差異，不過男人的最終目標會在哪裡呢？要是向全世界的男性尋求意見，那裡應該就會浮現出他們人生的真正目的吧。換句話說，其實那個目的就是和所愛之人結合，並且留下子孫，連繫至下個世代。照理說我們會抵達這項結論。近年來到處都充滿了各式各樣的娛樂。以遊樂園、電影為始，從社群遊戲到虛擬實境遊戲，人們享受的娛樂正日新月異地發展中。然而，從漫長的人類史看來，這段期間還是非常短暫。從遙遠的上古開始，幾乎所有生物都不斷在繁衍子孫。然而，剛升上高中的男學生是不可能會放眼到繁衍子孫這種目的的。應該可說他們只會去追求眼前快樂，或者性層面上的興奮感。

「……現在開始，我要舉行有關Delta作戰的作戰會議。」

在這悶熱暑氣襲來之時，D班的池做出很不適合他的端正跪坐姿勢，然後就這樣在腿上緊握雙拳。他用拳頭的手背擦了擦額頭上冒出的汗珠，那裡便因此變得既黏膩又光亮。

「我想把這個夏天的青春全賭在這次Delta作戰上。春樹，你怎麼看？」

「我的心情和你一樣，寬治。假如作戰成功，我也死而無憾了！」

須藤至今為止都在旁靜觀，但他也同意了這必須有不惜賭上自己性命的覺悟。
「老實說我很反對，但是我會聽你們說完，再決定要不要參加。」
各人所思所想都不盡相同，但目的都是一樣的。他們好像都把事情想得很正面。
似乎因為大家都渾身是汗，房間裡的溫度感覺越發悶熱。
「所以，綾小路……你當然也會參加，對吧？」
「在那之前，我可以先打開冷氣嗎？」
要是我房間再這樣被他們弄滿汗臭味我可受不了。
「……說得也是。好熱。」
既然這樣我還真希望你一開始就讓我開冷氣。他剛才以營造氣氛為由拒絕我開冷氣，但這只會讓提供房間的我不愉快而已。
「為什麼你們每次、每次都要在我的房間啊？」
「我之前沒說過嗎？因為你的房間是最整齊乾淨的啊。其他傢伙的房間又是衛生紙、又是毛的，實在是太骯髒了呢。山內的房間甚至連走路的地方都沒有。」
「須藤你也是半斤八兩吧——？你衣服、內褲不也都到處亂放嗎？」
不管誰的房間亂都無所謂，我希望他們可以有「那來整理吧」的想法。
「這房間不管過多久都還是很沒生活感耶，簡直從入學開始就沒有任何改變嘛。接下來點數

Welcome to the Classroom of the supreme principle in force

也要匯進來了，你要不要買點什麼啊？」

「還有要買地毯呢，地毯。我的屁股很痛。」

須藤說出以前也曾說過的話，然後敲了敲地板。

「我可沒辦法輕易花掉寶貴的點數呢。」

我這麼隨便應付，須藤卻不知為何緊咬了上來。

「我們無人島考試上可是多虧鈴音才得到點數。你這個派不上用場的在節省點數，也太裝模作樣了吧。」

「確實是、確實是。是說只要有堀北在，我們升上C班或許也只是時間問題了耶。」

我們一改五月的絕望情況，以怒濤之勢在點數上逼進上段班。

「哎，困難的事情就等第二學期開始之後再想吧，現在我們要討論的是Delta作戰。」

「你真的想去做嗎？」

「我真的是認真的。誰教我們的青春可都在那裡了。還是說，你對有著高尚目的的Delta作戰有什麼不滿嗎！」

現在笨蛋三人組正聚在我房間，熱烈聊起關於Delta作戰的事。

那起因於他們昨晚在群組裡討論的某項計畫。

「要把這件事命名為Delta之類的作戰隨你高興，但歸根究柢，那就是偷窺對吧？」

沒錯，這個名為Delta的作戰，名稱雖然拘謹，內容卻是偷窺。那是男生從想看女生裸體的慾望孕育而出的無聊事。然而，詳情除了池以外大家都還不知道。

「偷窺女孩子的裸體……那有什麼不對！這就是青春！」

什麼有什麼不對，那可是重罪，而且還嚴重得恐怖。

但這個男人卻利用青春這句話，威風凜凜地故作理直氣壯。

萬一被發現偷窺，就算被媒體當作少年A來報導也不奇怪。

「要是被女生拆穿，你打算怎麼辦？那可不光是惹怒她們就能了事的喔。」

雖然我不清楚偷窺的方式，但那毫無疑問應該伴隨著風險。

我想辦法試著讓他打消念頭。須藤好像也很在意這點，於是便對莽撞猛衝的池和山內拋出類似的疑問。

「就像綾小路說的那樣，這件事可是很危險耶。現在既不像小學時在教室裡換體育服，也沒有像在中學教育旅行時，像是老旅館那種偷窺景點。」

「別擔心啦，我這個人稱超級電腦的池寬治大人，想法上是不會有疏漏的。」

池一站起來，就洋洋得意地說起他的自信根據。

「你們很在意要在哪裡以及如何偷窺，對吧？沒問題，我有好好想過了。所以你們就先冷靜聽我說吧。首先，最重要的是要嚴選目標。我們的機會只有一次，要是看到半吊子的醜女也很沒意思呢。然後，我們當然是要挑選D班的女生。看見身邊可愛女孩的裸體才會讓人興奮到極點。」

「這點我也贊成，但這個色情計畫八字都還沒一撇呢。」

「沒有的話我們就自己動手做。計畫要是不自己著手做，可不行呢。」

池搖了搖食指，同時操作起手機，然後把畫面面向我們。

「你們是不是忘了什麼？忘了學校從昨天開始就舉行了泳池開放這個大型活動！」

「哦、哦哦？這樣的話確實就可以偷窺了！……嗎？我也沒去過那裡的游泳池。」

我看過手機上的文字，那裡確實寫著有關游泳池開放的事情。說是暑假最後三天期間可以利用游泳社在使用的特別游泳設施。似乎會在這三天期間的上午九點至下午五點開放。若是這種情況，確實不問男女，所有要游泳的人當然都會暫時變成裸體……

「我知道你為了讓她們換衣服會約她們去游泳池，但就算這樣我也不認為可以偷窺耶。」

我陳述了率直的意見。我沒進去過特別游泳設施，但那裡應該會設置監視器才對。當然不會連更衣室裡都有攝影機，不過若是更衣室前方的走廊就算有裝設也不奇怪。女生更衣室附近如果有可疑男子進入，就無可避免會馬上露餡。

雖然池雙手抱胸，沒有垮下從容的表情，但山內好像先感到了不安。

「哇——我真是傷心耶，我看起來有笨到連那種事都沒在想嗎？我可是好幾天前就為了這天的到來在預先做準備。」

池面對我們的問題攻勢毫不動搖。他別說是動搖，反而一派從容。

「預先做準備？那你就告訴我最關鍵的偷窺方式吧。」

山內受不了裝得煞有其事的池，而這麼插嘴問道。

「你已經希望破哏了嗎？好，你看這個。」

池好像做了徹底的事前調查，他把設施的平面圖印了過來。他們兩個對於池的認真程度都發出了讚嘆。

「你連這種東西都準備好了嗎！」

我也很驚訝。而且最厲害的是，那份平面圖上還寫了很詳盡的文字。

不過很奇怪，總覺得那裡寫的字和池本人的字跡不太一樣。

「看吧。這個特別游泳設施比平常上課使用的泳池還大兩倍以上。社員以外的人無法進入，而且就如你們所推測的，那裡也裝設了監視器。」

那裡是兼備男女共六間更衣室的大型設施。競賽等活動上也很可能會使用到。男女更衣室當然是設在不同通道的前方，而且平面圖上無論是哪條走廊，都有手寫標上的監視器標誌。

「這種情況下絕對沒辦法偷窺啦。」

就如男女浴池那樣，通往更衣室的道路是分開來的，因此只要踏入往女子更衣室的通道一步就會遭受懷疑。加上那是夏天最後的活動，預計將會人潮洶湧。這件事情再怎麼樣都不可能吧。

「我當然不覺得用走的就偷窺得了更衣室。關鍵在於這條方向——我們要沿著地板的通風孔管線走。其實這個通風孔連通各個男女更衣室。而且，奇蹟的是更衣室是一到三年級各別使用，所以同年級的更衣室會成對相通！」

簡單來說，就是一年級男生更衣室通風孔的相反一側，同時也連通著一年級女生在使用的更衣室。池的想法就是走那條通道去偷窺。我也了解他會覺得這是奇蹟而想要大肆吵嚷的心情。因為更衣室的間數多，每一間都不是那麼寬敞，室內也沒有什麼障礙物。假如情況就如同模擬，那麼從通風孔應該就幾乎可以確認到女生們換衣服的模樣吧。

不過，如今會有通風孔是人可以輕易進入的嗎？

「這個通風孔的尺寸高十五公分、寬四十公分。」

「再怎麼想，這都不是人可以通過的大小耶。」

再說即使大小可以勉強通過、匍匐前進，過程也不知道會不會進行得像電影那樣順利。只要無法動彈自如，最壞的情形是會卡住出不來。

「呵呵呵。那個我也全都算進去了喔。我可是有這個東西！」

池自豪地從他帶來的包包裡拿出小型車。

那裡出現一根如天線般的東西。

「那是無線遙控嗎……！」

無線遙控——換言之，那就是台無線遙控車，可以藉由遠端操控來自由移動的玩具。那台遙控車體上甚至還裝了攝影機，它好像是連結到搭載在遙控器上的小相機。池裝入電池，進行操控，螢幕就亮了起來。雖然畫質說不上很高，不過要確認周遭的話，應該是綽綽有餘了吧。就如他所說的，他真的準備得很周到。

「若是這個大小的話，就可以放入通風孔。剩下的就只要使用遙控車備有的攝影機確認，然後在通風孔內前進就可以了。而且，影像也可以存到遙控車本體的記憶卡！」

池想到的作戰滿是漆黑的慾望。

……這男人怎麼會想出這麼恐怖的事情呢？

這完全是犯罪行為了耶。但真是謝謝你，這麼一來山內再怎麼說也會表示反對吧——

「哦！真厲害！這樣的話就完美了嘛！對吧，健！」

你居然贊成嗎——……我已經只能用淡然的心境去吐嘈他了。

「也是……總覺得很有連續劇的感覺耶。」

「怎麼樣——！很完美對吧！」

這樣確實就有可能不讓人察覺便抵達目的地。

話雖如此，他的準備還真是周到。我因而成立了一個假設。

「難不成博士也有參與這次偷窺？」

我實在不認為這是池自己想到的計畫。無線遙控車應該也不是可以輕易買下手的金額。

「為、為什麼你會知道這件事！」

從準備周到的無線遙控到那些手法，無論如何都很不像是池的作風。再說，像是監視器位置、通風孔等等，如果不是具備相關知識者去調查是不會知道的。

「可惡，露餡了也沒辦法。對啦，我是去問博士的。嘖，虧我還想把一切都當作是我想到的。」

「那麼，當天具體的作戰是？」

他果然借用了博士的智慧。池就像是重新開始似的說明了起來：

「首先是邀請想偷窺的女生明天到游泳池。這麼一來，我們就會幾乎同時進入更衣室，對吧？我們一進去就立刻占住最裡面通風口的前方。假如有使用者的話……須藤，就算是用恐嚇的，你也要趕走對方。接下來，你們三個人要為了換衣服而攤開毛巾，然後做出一道人牆，不讓通風口附近被人看見。我會趕緊把通風口的固定裝置打開，並丟入遙控車。因為我要操作，所以你們要幫我遮住，不讓別人看見我的模樣。剩下的就是操作遙控車，把它停到在女生更衣室前面錄影。判斷她們換完衣服之後，我再把遙控車收回來——計畫就是這樣。」

過程相對單純，所以很簡單。然而，也難以抹除有點走一步算一步的感覺。

「由我來用恐嚇方式趕走礙事的傢伙，或者是不讓靠近的傢伙繼續接近就好，對吧？」

須藤可說是很適合這項任務。他以態度強硬廣為人知，所以其他學生應該不會貿然靠近吧。

「你們懂了嗎？懂這項Delta作戰有多厲害。」

「不、不過啊，寬治。這應該算是犯罪吧……該說總覺得比起偷窺，這項罪行好像還更嚴重嗎……」

「嚴格說起，這確實是在犯罪，但是你們回顧一下自己的過去吧。你們肯定也有犯下類似的罪孽才對喔！」

「啊？什麼意思嘛，我才沒犯過什麼罪呢。」

「那我問你，健。以暴力傷害他人就是犯罪，對吧？大人要是毆打了人，就會被電視上播的新聞報導出來吧？你不是有施暴過嗎？」

「那是……打架和施暴是兩回子事吧。」

「很不巧，我可沒施暴過呢。」

「那麼，春樹，你國小時就完全沒做過像是舔心儀女孩的直笛，或者聞對方體育服這種事情嗎？」

「唔……」

雖然我不知道他是說中了哪個，不過山內似乎有印象。

「如果大人做了同樣事情的話呢？那麼就是犯罪了吧！」

「確、確實如此。」

「換句話說，只有在未成年期間，偷窺和偷拍都是受允許的。我們此時不做，更待何時！」

這份熱情無疑打動了山內和須藤的心。他們兩個對於犯罪行為懷有罪惡感，但池擁有足以讓他們下定決心的覺悟。

「我們來做吧，春樹，應該總會有辦法解決。」

「是、是啊。好，我就加入池的提議吧。」

「你們真的無所謂嗎？這可是犯罪喔。」

無論說得再好聽，犯罪就是犯罪。

「我剛才就說了吧，綾小路。舔直笛也是犯罪，直接偷窺換衣服也是犯罪，那麼偷拍也同樣會算是在犯罪。不過，這就是青春啊！男生就算偷窺女生換衣服也只會被規勸，不會遭到逮捕。就是這麼回事吧！不是嗎！」

「哎，我也不是不能認同。畢竟正因為現在成了高科技時代，事實上世界上的男人都是多少會經歷過這種事才長大成人呢。小學生的順手牽羊，和高中生的順手牽羊，兩者的罪行程度都相同。」

這傢伙已經為了想看女生換衣服，企圖強行正當化這件事。

「退一百步來說，就把現在高科技時代的偷窺，算成是在偷拍好了。但是啊，萬一這件事曝光，就算不會遭到逮捕，我們也很可能會被退學耶。」

「害怕退學還能偷窺嗎！」

「喔——！」池和山內都舉起了手臂。

「就只剩下你了喔，綾小路。你都聽到這裡了，當然會願意協助吧？」

「……我沒打算參與耶。」

「我需要你的協助啦。假如你們三個願意圍成牆，我就絕對不會被發現。」

這傢伙的眼神是認真的。就算我在此退出，他好像也下定了決心絕對要去執行。

「我知道了。我也會幫忙。不過，池，你就答應我一件事情吧。這作戰伴隨著巨大風險，要是被抓到學校可不會善罷干休。所以無論成功與否，你都要發誓下不為例，否則我既不會幫忙，視情況我甚至還會和學校告狀。」

我的話交織著嚴厲與寬容，目的是藉由這麼做來引出池的妥協方案。

如果一味地反對，池他們就可能會默默做出犯罪行為。所以我才會以協助作為條件，來叮嚀他下不為例。毫無疑問，萬一被發現的話，D班或許就會因此而崩潰。在場所有人應該都很清楚這點。

「我知道啦。就算是我，我也不認為可以不斷做出這種事情。」

「那就好，我知道你是想賭上學生的青春上前挑戰。」

「就讓我提出一個建議吧。游泳池如果是在九點開放，那配合那個時機去執行會比較保險。只要可以最先抵達，要拿下最裡面的更衣室應該也很容易。」

「原來如此！這點要採納耶！說到男學生的青春那就是偷窺！我們就來大幹一場吧！」

這就是去游泳池前一天進行的商量——Delta作戰的全貌。

1

我們去游泳池的當天，最先進了更衣室，占領了最深處的一間，隨後便攤開了毛巾。陸續進來的男生們都在各自閒聊，沒有注意到我們這邊。

「動作快點，池。」

須藤攤開毛巾，假裝在換衣服，同時這麼催促了蹲在通風孔的池。池拿出預先包在浴巾裡的遙控車和螺絲起子工具組，接著取出裝在地下通風口的金屬零件，迅速放下遙控車，開始操作它。

搭載著筆型手電筒的那台機器在開往前方的同時，遙控器上的小小螢幕隱約顯示出前方的道路。

「可、可惡！畫面實在很暗耶！」

通風口的光線昏暗，光是靠筆型手電筒照明，螢幕的視野非常惡劣。

即使如此，遙控車還是一點一點邁向了光明的前方。就算走過頭鐵柵欄也會讓車子停下，因此沒有掉下去的疑慮，但池還是謹慎地讓車子以低速前進。

「好，視野就要開闊起來嘍——！」

更衣室透過螢幕顯示了出來。雖然畫質很差，不過螢幕上已經可以看見堀北她們的身影。

「唔、唔哇！」

池（博士）所想的作戰可說是漂亮地成功了。螢幕上可以拍到D班學生及一之瀨的模樣。無線遙控車現在應該確實地在錄影吧。

我們只要看著螢幕，也可以即時看見換衣過程。

「你、你也讓我看啦，寬治，這樣我不是看不清楚嗎！」

「大笨蛋，我也要看啦！」

須藤和山內不滿地催促池給他們看螢幕。然而，要是持續做出這種事，就會無可避免遭到其他男生們懷疑。我決定利用這點。

「反正它可以錄影，你們最好別勉強。我們就快惹人懷疑了。」

「唔，說、說得也是。總之最好先換衣服……」

山內咂了嘴，不甘心地皺起眉頭。

對，即使無法透過螢幕偷窺，遙控車上搭載的記憶卡現在也正在錄影。池壓抑住想要趕緊倒退遙控車的心情，努力忍耐了下來。

他把遙控器連同行李一併塞入置物櫃，把注意力集中在換衣服上。

「大、大約等幾分鐘才好啊……」

「起碼要放二十分鐘吧……」

太早結束而捕捉不到更衣畫面，以及放太久反而導致無法回收，都是必須避免的情況。再加上，要是花太多時間換衣服也會成為麻煩的導火線。對這些傢伙來說，這大概會成為他們人生中最漫長的二十分鐘吧。

「我先走嘍。」

「等、等一下啦，綾小路！你要背叛我們嗎！你之後就算拜託我讓你看，我也不會給你看喔！」

「不是這樣，要是經過二十分鐘都沒有半個男生出去，其他傢伙可是會起疑心耶。」

「唔，好像說得也是……那你要好好幹喔！」

「知道了。」

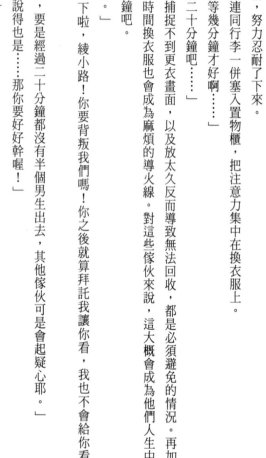

我留下要回收遙控車的三人，先前去了游泳池。

2

另一方面，在我出去男生更衣室的同時，女生更衣室裡則正呈現出一片笨蛋三人組期盼的光景。不，事實上，攝影機已經確實拍下裡面的聲音及影像。

「總覺得很新鮮呢，我們居然可以在課程之外使用學校游泳池。」

櫛田將包包放入置物櫃，一面如此說道。

隔壁的一之瀨已經開始換衣服了。

「對呀——總覺得有種來到市民游泳池玩水的心情。」

「一之瀨同學，妳的體態真的很棒耶……」

櫛田出神地發出讚嘆，如此說道。雖然一之瀨有點不好意思，但她看見櫛田的體型，也同樣說出一句認同的稱讚。

「櫛田同學，妳的身材才勻稱呢，我覺得妳沒有輸給我喲。」

事實上，雖然一之瀨的胸部大小遠遠勝出，但整體上來說櫛田並沒有輸她。

另一方面，佐倉則藏著與一之瀨同等，或是更勝她一籌的胸圍。她與兩人稍微保持距離，開始換起了衣服。即使彼此性別相同，佐倉也非常難為情。而且，想到接下來要去游泳池畔，也難怪她會心情沉重。

現在與上課不一樣，值得讓人安慰的，應該就是可以穿上能完全遮住上半身的防曬泳衣吧。對於佐倉那種容易害羞的人來說，這彷彿就是個救世主般的物品。

「一之瀨同學，能不能別盯著我看？」

堀北接收到一之瀨的熱切視線，心裡懷有厭惡感。她中斷更衣，並與她保持了距離。

「啊，抱歉抱歉。該怎麼說，我是在想妳的皮膚看起來還真是晶瑩剔透，結果才不小心看得入迷。就算同樣身為女孩子，果然還是會忍不住去注意可愛的女生呢。小桔梗，妳不這麼認為嗎？」

「嗯，因為堀北同學非常可愛呢。」

「…………」

堀北對櫛田的這句話嘆了口氣，一面換起衣服。

「但真沒想到妳今天會願意來耶。我以為妳不會在這種活動露臉。」

「我確實不是自願來的呢。不過，偶爾也是會有不論自己意志為何，都必須忍耐接受的時候。」

「嗯——？堀北同學，妳還真是說了一段相當艱澀的話耶。」

她當然不會把詳情告訴任何人。手臂卡在水壺裡拔不出來根本是奇恥大辱，是件必須帶到墳墓裡的事情。就連讓綾小路知道她都後悔無比。她一直都在反省自己當初為何會陷入恐慌，忍不住打電話給綾小路。

「別找我說話了，快換衣服如何？」

一之瀨被堀北隨便應付，她於是看準了下個目標——那就是在後面偷偷換著衣服的佐倉。就一之瀨來說，她很重視「我為人人，人人為我」這一點，所以有很強烈想要一視同仁、跟大家好好相處的心情。佐倉顯然就是個落單的存在，她也想要和她變得要好起來。雖然一之瀨不清楚D班的內情，不過她很清楚佐倉是應該謹慎對待的學生。過分深交就不用談，但她也無法完全無視佐倉。

櫛田和堀北都不會隨便向佐倉搭話。佐倉乍看之下是那種很內向、乖巧的類型，不過就一之瀨的分析看來，她認為佐倉雖然怕生，但感覺會對關係好的對象敞開心房、開口說話。她於是覺得——既然這樣，自己應該也有機會成為佐倉的朋友。

「好久沒像這樣和佐倉同學妳見面了耶。我們因為不同班級，所以見不太到面呢——」

「是、是啊……」

「一之瀨同學，原來妳認識佐倉同學呀，總覺得有點意外呢。」

櫛田對兩人關係感到困惑，於是有點客氣地如此問道。

「之前發生過一些事。對吧——？」

「是、是的……」

佐倉的表現比想像中還僵硬，她眼神游移，如此說道。

一之瀨被她這害羞的舉止弄得頭暈目眩，但還是使勁忍了下來。

「話說回來……」

一之瀨以不失禮的程度看著佐倉的身體。她有張可愛的臉蛋，以及纖瘦但肉感比例良好的身體，最重要的是那對巨乳。完全就是書上在刊登的偶像本尊。

一之瀨忍不住用男孩子的眼光看著這身肉體。

佐倉是會讓人不禁想去保護的類型，她要是再變得開朗一點，感覺很可能就會當上學年裡首屈一指的紅人。

「對了，一之瀨同學，神崎同學今天也有一起來玩，我可以稍微問妳一些事情嗎？」

「嗯？神崎同學怎麼了嗎？」

一之瀨原本正揣摩著與佐倉之間的距離感，她因為櫛田拋來話題，而移開了視線。

佐倉判斷這是逃走的機會，而稍微和一之瀨保持了距離。

「我們班上有女孩子喜歡神崎同學呢。我在想關於這部分的情況不知是怎麼樣。」

「哇——神崎同學真是出乎意料地受歡迎耶，我們班有人好像也喜歡他。啊，不過現階段他應該沒有在和任何人交往喔。」

「這樣啊，那我會試著和她說去搭話看看。」

「嗯嗯，神崎同學應該也會很開心——大概吧。」

「是『大概』喔？」

櫛田因為這種隨便的回答而笑了出來。

「該說是因為他很寡言嗎？他平時話很少呢。那點應該是沒關係，但是他太沒有主見了，所以我也搞不太清楚。」

那是作為同班同學的率直感想。

「是啊——或許確實有點難以理解呢。」

當她們熱烈地東聊西聊，周遭的人就已經伸手拿起該換的泳裝。

「哎呀呀，我得換衣服才行。」

慢人一步的一之瀨迅速脫下衣服。她的動作神速，讓人聯想到男生在換衣服。

胸部充滿彈性地晃了晃。就連不感興趣的堀北都頓時被奪走了目光。要是有那身破壞力出眾的身材，大部分男人都會被一舉攻下吧。

雖然說近年飲食文化偏向歐美，但她的身材還真是讓人無法相信大家都同樣是高一生。

「……妳的胸部是從何時……？」

「咦？妳是指什麼時候開始長大的嗎？應該是升上國三的那陣子，漸漸就發育起來了呢。妳為什麼這麼問呢？」

「不，我懂了。懂妳不知道怎麼應付自己胸部的理由。」

雖然未必都是如此，不過女孩子也是會有無法應對自己身體變化的時候。尤其胸部發育就連本人都無法徹底預料到。如果不到一年就急速發育完成，那這也是沒辦法的。

「好，衣服換好了！」

一之瀨從最後一名追趕上來，並且如此喊道。

「我先走嘍——」

一之瀨應該按捺不住想盡快去游泳池的衝動吧。她拿著置物櫃的鑰匙，離開了更衣室。

「她那個人就像颱風一樣呢。」

堀北說出了既不是褒也不是貶的單純心情。她並不是要說給誰聽。

然而，櫛田在稍遠處聽著這番話，卻接起了這話題。

「和一之瀨同學待在一起，就會不知不覺變得滿臉笑容呢。」

她如此答道。

堀北只用斜眼望了櫛田一眼，沒有回應這句話。

當然，櫛田也不會因此而有什麼想法。

她只是純粹這麼接話而已。這次她不是對堀北，而是對新的訪客這麼說道：

「咦，輕井澤同學？早安，妳們兩個也來玩了呀。」

櫛田總是對周遭情況很敏感，她看向了前來更衣室的輕井澤以及兩名女生。

「真巧，我們也來游泳了。」

「哦……」

櫛田掩飾不住心裡的驚訝。因為輕井澤平時在課堂上是完全不游泳的。

輕井澤她們走向最裡面的置物櫃，櫛田雖然覺得有些突兀，但還是繼續換自己的衣服。

「唔哇……還真的在做。真的盡是些差勁的變態……」

她發現裝在地下通風口上的鐵柵欄上緊貼著一台遙控車。閃閃發亮的鏡頭，正以漂亮的角度捕捉著女生更衣室的畫面。

通常任何人都可以拆下這面鐵柵欄，不過拆下需要耗費相應的勞力及時間。因為柵欄四個角落都有裝上十字型螺絲，必須先把那些螺絲拆除才行。不過，輕井澤摸了柵欄，就輕而易舉地將其往後拉，拆了下來。

她的力氣並沒有特別大，也並不是擅長螺絲起子的使用技術。

這不過是因為她在昨天就已經進到這間更衣室，事先拆除了螺絲。因為鐵柵欄就算沒有螺絲也可以輕易固定。

輕井澤用手壓住遙控車，然後把它抓了上來。可以看見螢幕旁亮著淺淺的紅色指示燈，並且正在錄影當中。她按照綾小路預先告訴她的步驟，從遙控車取出迷你記憶卡。錄影功能在這個時間點停了下來，只要不觸發再次錄影步驟，錄影指示燈便不會亮起。

她隨即插入沒放任何檔案的新記憶卡，接著把它放回地下的通風口。

「這樣就行了。」

剩下的只要等待時間經過，遙控車就會自行撤回了吧。

「……只有那傢伙是正經的啊……」

儘管對男生們的人渣行為感到傻眼，但綾小路是唯一為阻止而採取行動的人，她也思考了有關他的事情。假如綾小路參與偷窺或是視而不見，班級裡外的女生們，就會在不知不覺間被男生看光裸體。而且還會是以檔案的形式永久留下。

「小惠，已經沒問題了嗎？」

在輕井澤身後這麼搭話過來的是同班同學園田，另外石倉也用有點不安的神情看著輕井澤。

「啊——嗯，謝謝。已經沒問題了。」

在混雜著一年級女生的擁擠更衣室中獨自看著地下通風口，很明顯會惹人懷疑。就像池他們製造路障那樣，輕井澤也利用了親近的朋友們來遮蔽視野。

她們為了假裝這周圍的置物櫃全都在「使用中」，當然也沒忘記把全部都上鎖，讓它們變得無法使用。輕井澤一面避人耳目，一面不疾不徐、冷靜地把鑰匙一個一個放回去。

她沒有對身為朋友的園田以及石倉說明詳情。輕井澤選出了即使不做說明也會乖乖服從、不洩密……儘管性格絕不強勢，卻也害怕遭受排擠的學生。

輕井澤換完衣服，確認好D班認識的人全都不在，才對兩人慰勞道：

「謝謝妳們今天願意幫我。我在這之後也有些安排，妳們兩個要去玩嗎？」

「啊，是的。我們正打算這麼做。對吧？」

她們對彼此點點頭。輕井澤好像沒有打算對這點多說些什麼。

3

我在游泳池玩到筋疲力竭，回到了自己房間前面。

此時，我房間前已有三個人有點興奮的正在待命。

「你很慢耶，綾小路！趕快開門啦！」

須藤等不及，而踹了我的房門。這樣會給隔壁房間造成困擾，還會被管理人員盯上，我真希望他不要這麼做。

「綾小路，你動作快點啦！」

我被壓抑不住興奮的男生們推著背，被迫打開自己的房門。池他們手上握著從遙控車收回的記憶卡。那裡毫無疑問記錄著女生們更衣的鮮明影像——至少他們三個是這麼想的。

他們比屋主還更早進去，隨後便擅自開啟電腦的電源。

「欸欸，要是精采畫面播出，等等要複製給我喔……」

「等一下啦。我要先做確認，因為你們沒有權力看鈴音的裸體。」

「兩位都冷靜下來，現在我們就先和睦地一起觀賞吧。唔嘿嘿嘿嘿。」

他們好像已經不把我放在眼裡，而對電腦開機期待不已。我今天各方面都很辛苦，於是就這樣一屁股坐到床上。

「要是你們能確認完內容就回去，那我就省事了。」

「什麼嘛，綾小路。就你一個在裝大人。你也很想看吧？」

「我認為要收手就得趁現在。」

「啊——這樣啊？你如果要裝乖寶寶，就絕對不要過來看。是說，我也不會讓你看啦！」

池在電腦畫面前阻擋似的張開雙手，遮住我的視線。

「不會有人對女人裸體沒興趣的啦，你就坦率一點吧。」

須藤已經像在自家似的放鬆。他說的話確實有一番道理，可是我不認為有必要拚命到這種地步去看裸體，起碼我不覺得有足以賭上退學的價值。

「唔哇啊啊？為啥為啥、為啥什麼都沒顯示出來啊！」

那台跟博士借來的讀卡機上顯示裡面沒放入任何資料。換句話說，也就是遙控車的錄影根本就沒有順利運作。

「沒、沒有。沒有資料……」

「沒這種可能吧？因、因為之前真的可以錄下影片啊，對吧？」

他們三個驚慌失措地重開好幾次資料夾，但那裡什麼也沒有。

這是當然的。輕井澤抽出了放著錄影資料的記憶卡，而且還把空的記憶卡換了進去。他們再怎麼找，也不會找到已經不存在的檔案。

另一方面，真品的資料也已經被我破壞，所以什麼都沒有留下。

「為什麼啊啊啊啊啊！」

笨蛋三人組的野心，就這麼因為暗中的妨礙作業而消失殆盡。

©RAKUDA 2016

Kadokawa Light Novels

喜歡本大爺的竟然就妳一個？ 1~2 待續

Kadokawa Fantastic Novels

作者：駱駝　插畫：ブリキ

這次又有新的美少女來攪局！
第二集的劇情發展不容輕忽！

如果有一天，你突然和不只一位美少女發生愛情喜劇事件，你會怎麼做？當然會毫不猶豫當個幸運大色狼吧？我和葵花還有Cosmos會長明明關係搞得很尷尬，卻要和她們進行恩愛體驗？陰沉眼鏡女Pansy啊，妳不用來參一腳，我現在還是很討厭妳！

各 **NT$220~230/HK$68~70**

台灣角川

Kadokawa Light Novels

©Sekina Aoi, Sabotenn 2016

GAMERS電玩咖！ 1~4 待續

Kadokawa Fantastic Novels

作者：葵せきな　插畫：仙人掌

千秋發現〈阿山〉其實就是雨野景太！
亞玖璃因為雨野而對DLC迷得無法自拔！

對星之守千秋來說，有個網友比家人更加恩重如山——當她發現〈阿山〉的真面目就是死對頭雨野景太時，她「真正的初戀」便開始了——另外，電玩菜鳥亞玖璃因為雨野而對DLC迷得無法自拔！電玩咖們的青春戀愛喜劇果然有毛病！

各 **NT$180~240/HK$55~75**

台灣角川

國家圖書館出版品預行編目資料

歡迎來到實力至上主義的教室. 4.5 / 衣笠彰梧
作 ; Arieru譯. -- 初版. -- 臺北市 : 臺灣角川,
2017.08
面 ;　公分. -- (Kadokawa fantastic novels)
譯自 : ようこそ実力至上主義の教室へ 4.5
ISBN 978-986-473-790-1

861.57　　　　106009202

Kadokawa
Fantastic
Novels

歡迎來到實力至上主義的教室 4.5

（原著名：ようこそ実力至上主義の教室へ 4.5）

2017年8月10日 初版第1刷發行
2023年6月19日 初版第16刷發行

作者：衣笠彰梧
插畫：トモセシュンサク
譯者：Arieru

發行人：岩崎剛人
總編輯：蔡佩芬
編輯：黃怡珮
美術設計：宋芳茹
印務：李明修（主任）、張加恩（主任）、張凱棋

發行所：台灣角川股份有限公司
地址：104台北市中山區松江路223號3樓
電話：（02）2515-3000
傳真：（02）2515-0033
網址：www.kadokawa.com.tw
劃撥帳戶：台灣角川股份有限公司
劃撥帳號：19487412
法律顧問：有澤法律事務所
製版：巨茂科技印刷有限公司
ISBN：978-986-473-790-1

※版權所有，未經許可，不許轉載。
※本書如有破損、裝訂錯誤，請持購買憑證回原購買處或連同憑證寄回出版社更換。

©Syougo Kinugasa 2016
First published in Japan in 2016 by KADOKAWA CORPORATION, Tokyo.
Complex Chinese translation rights arranged with KADOKAWA CORPORATION, Tokyo.